圧力とダイヤモンド

フィクションのエル・ドラード

圧力とダイヤモンド

ビルヒリオ・ピニェーラ

山辺弦 訳

Colección Eldorado
水声社

本書は、寺尾隆吉の編集による〈フィクションのエル・ドラード〉の一冊として刊行された。

圧力とダイヤモンド ★ 目次

圧力とダイヤモンド

1

　地球に対する大いなる陰謀がどのようにして始まったのか、解明されることなど決してないのだろう。でもはっきりしているのは、他ならぬ地球の住人がこの陰謀を企てたのだってことであり、どこか他の惑星の住人は一切関与していないことも明らかだ。誰が何と言おうと、この星に足を踏み入れた月の民や火星人を見た者などいない。人間のドラマチックな想像力はそんな来訪者を切望するが、事実はあらゆる想像や作り話の嘘を暴いてしまう。よくよく理解して頂きたいのは、おれが言う地球に対する陰謀とは、他でもない地球人が企てたものだってことだ。さて、こうした混乱が生じるのは、その大いなる運動がどうやって始まったのか、ちゃんとわかっていないという事実そのものに拠る。ある天才的な頭脳の産物なのか？　それとも逆に、この惑星がもたらす数々の惨状への集合的復讐なのだろうか？　うるさい識者どもが事後の遅きに失して繰り広げた論争のせいで、混乱状態は、信じがたいことに、ますます混迷を深めた。ある者たちは、陰謀の原因を高名なP教授に帰し、人々が地球を離れてしまったのはこの教授のせいだと主張した（ところで、一体全体、この期に及んで教授はどこにいるのだろう？）。また別の者たちは、地球外勢力が無理矢理人類を自らの星から追い出したのだと言い、最後にそこまで野心的じゃない者たちは、すべての原因は人間たち自身の行いにこそ求められるべきだと宣言した。おれに言わせればこうした議論はどれも無意味だった。どの議論も陰謀の起源を明らかにしてはいなかったし、どの議論も地球からの人口流出を食い止めはしなかった。いずれにしても、おれには何らかの集団が意図的に陰謀を目論んだとは思えない。おれの見立てによれば、陰謀はひとりでに、大いなる圧力の結果として発生したのだ。

ここで、《終末の陰謀》（傑作なことに人々はこう呼んでいる）について反論の余地なき事実を整理しておこう。陰謀が偶然の仕業なのか、それとも逆に、どこかの時点でそれを引き起こす計画が立てられたのかについては議論の余地があるだろうし、あれやこれやの主張は都合よく論駁されもするだろう、でもその発端となった事実ばかりは反論され得るものじゃない。

息詰まるような暑さのある午後のこと、宝石商仲間のアルベルトが電話をかけてきて、街のカフェで五時に待ち合わせることになった。そこからアストル・ホテルに向かおうということだった。とあるダイヤモンドが確実に売れそうだったのだ。けれど、あの息詰まる暑さ、あの嵐の来そうな淀んだ空気ときたら……。おまけに、体中の毛穴から汗をかきかき帰宅してからまだ一時間も経っていなかった。おれは断りかけたが、そのダイヤを売らなければ家財もろとも路上に放り出されてしまいそうだった。人は宝石売買業を実入りのいいものだろうと思っている。そんなことはない。チンケな取引屋たち（まさしくそれがおれたちの立場だが）にとって、結構な額の手数料が入るような宝石を売るのは困難を極めるのだ。質素な食事代が稼げる程度で、時には食事自体が抜きになる。だがこの暑さの中路上に放り出されるなんて！　嫌だ、嫌だと繰り返しながら、おれは歩き出した。鼻からは顔を焼くような熱い鼻息が出ていた。誰かに息が当たれば燃焼が起こりそうに思えた。ようやくカフェのある一角に着いた。中に入ろうとしたまさにその時、品のある身なりをした紳士が、おれのことを誰か知り合いと勘違いして、手ぶりで挨拶を送ってきた。曖昧に挨拶を返し、あらためてカフェに入ろうとしたおれは、その紳士がひどく不安げな様子を示しているのに気付いた。もごもごと何かを呟き始め、自分の体にひっついた何かを払おうとするかのように虚空に手を伸ばし始めた。この紳士は間違いなく神経症の発作の最中だった。発作はどんどん昂ぶり強まっていった。今その手は震えつつ宙に留まり、まるで見えない何かに襲われるのを怖れているかのよう、そいつらがこの紳士を圧し潰さんと向かってきているかのようだった。謎めいた人間はいつもおれを夢中にさせる。おれは意を決して、何気ない質問をして本題を引き出そう（本題と言っても中身を知らないわけだが）としたのだが、件《くだん》の紳士のほうが苦悩に満ちた声でおれにこう尋ねるのを聞いた時の驚きといったらなかった。

「すみません、あなた、不躾ではありますが。一つお尋ねしてもよろしいですかな？」

「一つでも二つでもどうぞ」おれは言った。「何なりと」

「ありがとう」紳士は答えた。「圧力についてのお考えをお聞かせ願えますか？」

おれは動揺し、咳込み、おほんと咳ばらいした。今話しているのは狂人なのか？

その問いの唐突さときたら……。だが、この暑さだ……。おれはふたたび彼の顔を見た。赤い顔をしていた。それですべて合点がいった。蒸し暑い午後、慢性的高血圧の持病を抱え、粉微塵に破裂しやしないかと怖れている老人が、血圧の話題を切り出しているのだ。いかん、冷淡にあしらっちゃいけない。呼吸困難で今にも発作を起こしそうな、この身なりのいい紳士の立場に立ってやらなくては。そこでおれは質問に答えた。

「私の圧力ですか？　見事なもんですよ！　高くもなく低くもない。普通の圧です」

すると落ち着かない様子の紳士は、内心に秘めた意図（その意図はすぐに後述しよう）を汲んで質問に答えてくれるはずと見込んでいたのだろう、すっかり混乱に陥ってしまった。血圧のことなどこれっぽっちも考えてなかった彼は、おれが質問を茶化しているのではといぶかった。不愉快そうな仕草をし、おれを罵らんばかりだったが自分を押しとどめた。それに、おれの顔に無邪気さと驚きが表れているのが見えたのだ。なんとかこらえながら、紳士はおれに言った。

「私の質問がおわかりではないようだ。私が言ったのは血圧のことではありません」

「でも血圧の話じゃないとしたら、一体、何の圧力のことなんです？」

「人間の圧力ですよ、つまり、人間同士がかける圧力のことです」

驚き直す暇をも与えず、紳士は付け加えた。

「ご存じでしょう、圧力は日増しに手に負えなくなってきています。驚くほどの数の人間たちが毎日私に圧力をかけ、私のほうでもまた驚くほどの数の人間に圧力をかけている。誰も圧力からは逃れられない。圧力をかけたりかけられたりするしかないのです。この途方もない圧力についてあなたはどんなご意見をお持ちです？　圧力に満足していらっしゃいますか、それとも逆に、反抗するおつもりですか？」

彼はおれの腕を掴み、顔中に息を吐きかけ、おれの耳元に口を寄せんばかりだった。

「お答えください」そう言っておれを荒々しく揺さぶった。「圧力をかけられているとお感じですか、そうではないのですか？」

「あなたこそが私に圧力をかけてますよ」おれは窒息しそうになりながら答えた。「あなたこそ本職の圧力者だ」

「仰る通り！　やっぱりそうか！　よくわかりました。そう、確かに、私はあなたに圧力をかけていますね」

紳士はしばらく沈黙した。それから言った。

「あなたに圧力をかけるのは私だけではないでしょう。あなたは一生のうちに何十、何百もの圧力者たちと出会うでしょう」

「でもあなたみたいなのはいないでしょうね」おれはあからさまな不満を示して言った。「こんなにむきになって、こんなに……何て言うか、こんなに圧力好きなのは」

「そりゃ大間違いだ」紳士は大声をあげた。「私は圧力が大嫌い、私こそ圧力嫌いの典型なんですからな！　私は圧力から逃れたいのだと天にかけて誓いましょう（そう言って彼は助けを請い願うように天を見上げた。果たして天の助けが得られるのか、またどの程度得られるのか、知る術などありはしなかったが！）。圧力を逃れるためなら何だって差し出しましょう、だがしかし（ここでその声は沈鬱な抑揚を帯びた）、私を潰さんばかりのこの圧力から逃れることは絶対に不可能でしょうね」

おれは寛大にも哲学的応対を試みた。紳士の肩に手をやりながらこう言った。

「つまるところ、圧力とは人生そのものですからね……」

それからうやうやしく挨拶をしつつカフェに入った。爺さんの支離滅裂な話にはもううんざりだったのだ。人間が抱える問題はおれを夢中にさせる、だが正直言って、午後のこんな時間に、こんな暑さの中、こんな騒音の中で、そして何より、こんなにもいきり立った紳士と、人間による人間の圧力について話すなんて……。ましてや人間の圧力ときたもんだ……。けれど、確かにそれはいつの時代も争点の一つなのだ！　なにしろ圧力の問題を現代に応用するなら、おれも同じ穴のムジナだからな。おれはぱした金を稼ぐため毎日誰かに圧力をかけているし、そんな風に圧力をかけているとすれば、それは一方でおれのほうも圧力をかけられているからなのだ。子供は靴を欲しがり、女は服を欲しがり、家主は家賃を欲しがり云々ってわけ。そりゃそうなんだが、おれにとって圧力について議論するってのは、アホどもが寄ってたかって催している戦争をめぐる会議と同様、不必要なことに思える。数多《あまた》の戦争は今日まで揚々とその歩みを続けている。だったら、やらせておけ！　圧力か……。どうやらおれ自身も圧力について考えてみたことがあるようだ。何千ペソか貯めて無人島に骨を埋めるつもりで、十年ものあいだ他人に圧力をかけてきたが、もはや無人島など存在しない上に、おれの目標を挫こうとする連中の圧力が、袋小路となって現われてきたのだ。そこへきて今、この身なりのいい紳士がやってきて、四十度の暑さの最中に、圧力とその影響についてしゃべるとは。ろくでなしめ！　あんたは圧力の影響について話しはしても、解決策を与えてはくれないじゃないか。それもよりによって、二十するものを十で手に入れようと大いに圧力をかけてくる老女ミス・ドーベルに会うために、アルベルトと落ち合わなきゃならない、まさにその時に……。とはいえあの身なりのいい紳士を悪者にしようってんじゃない。時には圧力に圧《お》され過ぎて、精魂尽きてしまうこともある。そう、そんな時には、人類全体への憎しみが頂点に達してしまうものだ。あるいは憐みが。でも憎しみも憐みも保守派の言葉、つまりは無力さの表明だ。おれに言わせれば、圧力に対して有効な対策を取れなければ、圧力を語っても意味がない。それでもなお、あらゆる人間ひとりひとりが、各自の表現方法でもって、人間の圧力の物語を語ってきた。ある者はカフェのテーブルで、ある者は家庭内で、作家たちは崇高なるページの中で、でも、おれが間違っていなければ、そうした者たちのうち誰一人として、圧力から逃れられた者はいない。そういったわけで、あの身なりのいい紳士の唐突な話のせいで、おれの生活のリズムは狂ってしまったのだった。もし圧力への不満を述べる代わりに、その解決法を残していってくれていたら、どんなにかおれの受け止め方も変わったことだろう、そしたら通りの真ん中で何度も人をよけて飛び退いたりせずに済んだだろうに！

それから二時間後には、すでにミス・ドーベルがダイヤをお買い上げ済みだった。商談を終えて出てきた時には疲れ果てていた。上等のレストランでお祝いしなくちゃな、とアルベルトが言った。おれがこう言うのを聞いて奴はあんぐり口を開けた。

「もう二度とミス・ドーベルと関わらないようにするにはどうしたらいい？」

続く言葉に、奴はますます呆気にとられてしまった。

「アルベルト、きみに二度と会わないためには、どうしたらいい？」

驚きを表明する猶予を与えぬまま、おれは叫んだ。

「誰にも顔を合わせないようにするにはどんな手を打てばいいんだ？」

家に帰ってから気まずさが押し寄せてきた。圧力の扱い方を心得ていて、言葉を弄ぶのは幼稚なことだと感じていたのなら、だったらなぜ、根底では圧力をかけたりかけられたりする不安のことを問うている質問をして、アルベルトを困らせたりしたんだ？　けど違う、おれは決して困らせるつもりで質問したんじゃない。だんだん増していくおれの不安だって、我々人類が圧力に逆おうとして感じる無力感から来るものじゃない。だとしたら、おれの質問の背後に潜んでいる見たこともない亡霊とは一体何なのか？　もしかしてあの身なりのいい紳士にもおれと同じことが起こっていたのか？　彼がうまく表現する術を知らなかったってことは大いにあり得る。おれは邪険にしたことをすまなく思い、心の中で、あの紳士がおれよりも理解ある人を見つけられるよう願った。ひょっとするとあの出会いは結局おれにとって有益なものだったのかもしれない。もちろん、あの紳士にもう一度会えると思っているわけじゃない、何百万人が住む都会では容易なことじゃないからな、しかし一個の見解は世論の一部でもある。ならばおれの漠然とこんがらがった問いにも応答が返ってくるのだろう。とはいえ、その問いを言い表すなんて可能だったのか？　ああ！　確かに可能だったのだとわかるまでには、どれだけの時間がかかったことだろう！　それからというもの、《英雄的》な騒乱の時代がやってきて、おれは幾度となく、我々が生み出さざるを得ない怪物を前に呆然自失してきた（今でもすべては怪物的な事態だったと思っている）、その結果おれが抱くようになった確信は、人は気持ち一つで何にでも自分を作り変えてしまえるってことだ。単純な線一本から始めた画家が人物像全体へと至るように、単純な考えや、馬鹿げていて幼稚だけど同時に深遠でもあるような、気違いじみた考えを持った人間が、不正を招いてしまうこともある。地球から人がいなくなったのが紛れもない事実だとすれば、責任を問われるべきはそこに生きる者たちだ。だが、誰に責任を問うってのか？　木々や、雲や、動物たちにか？　もうすぐこの星に人間はいなくなってしまうだろう。多くの人々が、とんだ勘違いから、人間が陥っている窮状を高まる圧力のせいにした。彼らは圧力が人間を産み落としたんじゃなく、人間が圧力を産み落としたのだという、単純な問題提起を忘れてしまったのだ。人々はあっという間に圧力を生み出し、あっという間に圧力を厄介払いした。その代償が高くついて、地球から人がいなくなったとすれば、その張本人に請求を回すがいい。しかし、そのために人々を探し出すには、一体どこに行けばいいのだろうか？

身なりのいい紳士の興奮に煽られて神経が尖っていたにもかかわらず、おれはぐっすり眠った。我々の推測の域を越えてしまう問題ってのがあるもんだ。ちゃんと道理をわきまえた人間ならば、圧力をかけたりかけられたりという、人類が直面しているこの状況について長々と無駄に考えたりする奴などいない。もしそんなことをしたら、意気消沈するような二つの事実を認めることになるだろう。つまり、目も当てられないほど時間を浪費してしまったってことと、圧力が相も変わらず好き勝手に振る舞っているってことだ。それに、この《圧力は好き勝手に振る舞う》という事実こそが、地上での人間の在り方を唯一正当化し得るものなのだ。善も悪も、人間がしてきたあらゆることは、驚嘆すべき人の壁がもたらす凄まじい圧力によるものだ。大いなる災厄を前にして我々は悲痛に泣くだろうが、涙は決してその忌むべき壁を包み込めはしない。

そんなわけで、一日中圧力をかけ、あるいはかけられる心構えとともにおれは起き上がった、それも生まれた時からずっとそうしてきたように、無意識に、幸せな満足感とともに。しかし……。おれの商い場は家から二ブロックのところにあった――ローゼンフェルド兄弟の宝石トラスト、ダイヤモンド社の総司令部だ。このトラストは八十階建ての高層ビルの三階分を占め、壁突き合わせるようにして百階建てのビルに接し、正面には七十階建てのビル、そのビルはといえばこれまた五十階建てのビルに隣り合っているのだった。それがどうしたって？　別におれは（きっと高層ビルに囲まれ高層ビルの中で暮らしている）読者を《驚かし》たいわけじゃない。高層ビルを描写することで、高層ビルに圧力をかけられ生活している人たちの時間を無駄にするつもりは毛頭ない。だがその時、人生においで高層ビルを見つめ耐え忍んできたこのおれは、それらを眺めながら思いを巡らせたのだ、するとすぐにあの性悪な圧力がおれにのしかかってきた。八十階から下方の階へと、一つの階の上にまたもう一つの階が乗せられ始める、そんな風に圧力がのしかかってきて、それらを背中で支えようとするおれは、現代版アトラスよろしく、肋骨に八十階分の重みを感じてきたのだった。

いいだろう、――おれは考えた――、これが圧力の産物なんだ……。これは神が造りあげたものじゃない、おれたち人間が造りあげたものだ。これこそ我らの馬車を引く馬の中でももっとも御しがたいもの。この建物では三千人以上の人間が働いている。彼らに圧力について意見を聞くことが何かの役に立つだろうか？　人生に圧力をかけられまくっている人たちが、一番気にかけないもの、それこそが圧力だ。今この瞬間読者の皆さんが、塞ぎ込んで仕事に向かうところをご覧になっているおれ自身も、彼らと同類なのだろう。ローゼンフェルド家の誰かにオフィスに呼び出されたら、たちまちおれはその人物や忌々しい宝石のことだけしか考えられなくなるはずだ。しかし、なかなかローゼンフェルド氏がおれを呼び出さないので、おれは圧力と戯れ続ける。我が社の名簿には五百八十人の従業員が登録されており、あらゆる名簿と同様、厳密な階級がある。上はローゼンフェルド一家から、下は守衛まで。けれど圧力となると社会的問題とは別物なので、ローゼンフェルド一家も守衛も同じ水準にいることになる。地球上で唯一公平に分配されているもの、それこそが圧力なのだ。ローゼンフェルド一家は五百八十人の従業員たちに圧力をかける。その一方、これら五百八十人の従業員たちはローゼンフェルド一家に圧力をかける。よくよく耳を傾ければ、我々従業員の骨と、ローゼンフェルド一家の骨がきしむのが聞こえてくるだろう。圧力は上から下にも、下から上にもかかる。これこそ人類にとって唯一の平等である。ひとまずこれぐらいにしておこう。赤信号が灯った、アルフレド・ローゼンフェルドがおれをお呼びだ。

オフィスでおれは御三家を見つけた。アルフレド、ガストン、そしてセルヒオ・ローゼンフェルドだ。赤らんだ顔が、三人そろって脳溢血《のういっけつ》の瀬戸際にあることを教えてくれる。別のドアからは従業員が続々やってくる。今回の件の担当となったアルベルトが、おれに目配せする。他の販売員仲間もそうなのかは知らない、でもおれはローゼンフェルド兄弟の意気消沈した顔を見ると、生きている実感で満たされる。ほんの数分前には陰鬱な考えに塞ぎ込んでいたおれだが、この兄弟の鬱血した顔を見ただけでそれも吹き飛んでしまった。この兄弟の顔が赤らんだ時は、知的洗練は脇にどけておかなければならない。だからこそおれたちは深淵から戻ってこれるのだ。ローゼンフェルド兄弟よ讃えられてあれ！　確かに彼らも事実を受け入れざるを得なかったし、確かに彼らも地球を去った、でも名誉を守るために言っておこう、彼らはあの集団ノイローゼに対してできる限り戦い抜いたのだ。

アルフレドは二十五人の《仲買人》一人ひとりの顔を見渡した。かと思うと突如として小言をまくしたて始めた。理解できないことだ、――そう彼は言った――、あのきわめて名高いダイヤであるデルフィが、ローウェンタール家の手に渡ってしまったなんて。この二十五人の怠惰な《仲買人》の無関心のせいで、今ローウェンタール兄弟はあの著名なダイヤをショーケースに入れて見せびらかしている、そう彼は繰り返し、デルフィ奪還の試みを絶対に諦めはしない、と言って話を締めくくった。

アルフレドが席を立った。会議が終わったのだとおれたちは思った。だが実際にはアルフレドは、私は自分のオフィスにこもって行動計画を立てる、とおれたちに言った後、お前たちの倫理は地に落ちている、これからガストンが健全な教えによって更生させてくれよう、と付け加えた。

ガストンは、我らが時代の世界の人間たちは（これが彼の言い回しだった）責任という感情を完全に失ってしまっている、と話し始めた。曰く、きみたちにおいてそれはデルフィの恥ずべき喪失によって具象化されている。曰く、総じて言えば、征服の精神――それこそあらゆる人間活動の礎石――はもはや人間にとって重要なものではない。曰く、事態を重く見た私は、きわめて特異な事実を確認した。つまり我々が生まれついたこの時代ほどに圧力が強まり、凶暴で残忍なものとなったことはなく、そして同時に、この圧力は高貴なる競争心を礎《いしずえ》として行使されているわけではないということだ。

この宝石商ローゼンフェルド家の哲学者がおれたちに演説をぶつ時、おれはいつも椅子に身を委ねることにしている。目を閉じて、かくも安物の哲学を最後まで言わせておくのだ。しかしながら、明確な、他ならぬ圧力への言及は、おれの目も耳もぱっちりと開かせてしまった。

「そう」ガストンは続けた。「驚くべき事態が起こっているのだ。人々は野蛮な凶暴さでもって圧力をかけておきながら、しかしその一方では圧力に疲れているようにも見える。私の見方では、我々が信を失ったがゆえに、我々の営為はこんなにも空虚なものになってしまっているのだ。この説をスポーツの例でわかりやすくしよう。ラグビーへの信を失ったラグビーチームを想像してみたまえ、そのメンバーは破竹の勢いでプレイするだろう、しかしだからといってそうしたラグビーがラグビー史上の偉大なる時代のラグビーとなるわけではあるまい」

「何の話をしたかったのかな？」そう言って彼は咎めるようにおれたちを見た。「デルフィの話だったな。あれを失ったのは我々に圧力への信が欠けていたからだ。ローウェンタールとローゼンフェルドはデルフィの所有をめぐってお互いに圧力をかけあっていたと、本当に言えるだろうか？　断じて違う。すべては圧力の真似事だったのだ。打ち明けるのは辛いが、ローウェンタールもローゼンフェルドも、すでに宝石への信を失ってしまっている」

おれは呆然となった。言葉づかいは風変わりだしある種の精神的混乱も見られるとはいえ、たった今ガストン・ローゼンフェルドが述べたことはとんでもなく興味深かった。それに彼の言葉は、確かに違う言葉遣いではあったが、あの身なりのいい紳士の言葉そのものだった。こうした偶然の一致から陰謀は生じてきたのだった。ある事柄が他の事柄と結び付き、孤立したある事実が同じく孤立した事実に関連付けられた。圧力の話をしていた奴が、ほんの壁一枚隔てたところで別の人間が圧力について弁舌をふるっていると教えられたら、そりゃ仰天したことだろう。それはそうと、ビジネスが専門の心理学者たちはいつもこんなに哲学的な言い回しで圧力について話すのだろうか？　ガストン・ローゼンフェルドともあろう者が、《仲買人》たちの商売倫理を鍛えるどころか弱めてしまったなんて、何が原因だったのか？　ガストンが今おれたちに押し付けた言葉を、アルフレドは《健全な教え》などと告知していたじゃないか？　不健全に他ならないのはどういうことなんだ？　ガストンが美辞麗句のせいで方向を見失ったのは間違いなかった。いつも何に関してもそんな言い回しをする人だった。彼は自らの宝石と同じように大仰で、なんとしても宝石みたいに《光輝こう》とするのが常だったが、しかし今回認めざるを得ないのは、なるほど言葉遣いは大げさで、お決まりのラグビーの例えを持ち出したり概念が複雑だったりはしたけれども、ガストンはそれと知らずに、彼の心を蝕んでいた病を引きずり出したってことだ。

ある意味で、おれは彼の言葉に合点がいっていた。デルフィをめぐるローウェンタールとローゼンフェルドの争いは大して熱を帯びたものじゃなかったし、まるでこれ以上デルフィをめぐって争わないための秘訣を探り当てようといわんばかりだった。デルフィは、他の幾多の物事と同様、圧力の一部だった。人々は圧力に取りつかれていた。一刻一刻と凄まじい圧力が浴びせられる中にあって、デルフィの件はそうした敵対関係の予兆としてあった。誰にもその理由はわからないが、我々は突如として胸を苛む蠢《うごめ》きを生み出す。その蠢きが我々を強迫観念へと導き、強迫観念が集団ノイローゼとなり、集団ノイローゼが陰謀となり、陰謀が地球からの人口流出へと至ったのだ。

会社を出てすぐ、あの高層ビル群から離れるやいなや、郊外行きの電車に乗るとたちまち、おれはこうした苛々するような思考ゲームから抜け出した。頭が粉々に破裂するまで考えたって、圧力の意気揚々たる歩みは続いていくだろう。圧力に苦しんだうえに圧力について哲学しなきゃならないってのか？　まっぴら御免だね。灰の山となるまでひたすら人生に我と我が身をすり減らせばいいんだ。

真昼の太陽、新鮮な空気が、考えをはっきりさせてくれた。なるほど確かに圧力は憎むべきものだし、確かに我々の人生を手に負えないものにしている、確かに我々は圧力にうんざりしている、しかし、誰か圧力を一掃できる者がいるとでもいうのか？　もし排除できないなら、なぜそれについて語るんだ？　となれば話は早い、今度誰かが圧力の話をしに来たら、ただこう聞いてやろう。あなたは圧力を一掃できるんですか？　できない？　だったら、くたばりやがれ！

おれは競馬に行った。凄い人の群れ。アナテマが走っていた。観覧席は満員で、群衆は切符売り場に殺到し、入場券を手に入れるため必死で格闘していた。何百人もの人がすし詰めになっていたので、圧力の話をするにはもってこいだとおれは考えた。背中に胸を押し付けてくる男に向かっておれは言った。

「こんなに圧力をかけ続けてたら、満足な骨なんて体中に一つもなくなっちまうね……」

それに男は答えた。

「アナテマの走りを拝めるんなら、全部折れちまえってんだ！」

神に感謝！　これこそ健全な答えだ。その何千人もの熱狂的ファンは、ただアナテマがレースに勝つことしか考えていなかった。そしてその栄光の瞬間のために、どれだけの圧力が詰め込まれているかは言わずもがなだ。外出するんだったら映画に行くか、さもなくばただ家にいるほうがよかったのにという、妻からの、母親からの、子供からの圧力。競馬場に向かう電車やバスの中でかけられた圧力。切符売り場の凄まじい圧力。アナテマから勝利を奪い取ろうとする他の馬たちの圧力。一着でゴールに着こうとするアナテマの圧力。そして最後に、観客同士の圧力。だがこれらの圧力は拍車をかけられ、気高き刺激と化して、想像力に千の翼をもたらしていた。その翼に運ばれているような気分だった。アナテマは風のごとく走った。もはや五頭のライバルたちを置き去りにし、おれには一瞬アナテマが永遠にトラックを回り続けるんじゃないかと思われた。その馬はおれたち全員の人生の意味を体現しているかのようだった。そう、おれたちはその高貴なる獣だったのだ。未知の力に圧力をかけられて、狂ったようにひた走りに走っていた。一周ごとに圧力がおれたちを元気づけ、ますます驚異的な強さになっていき、レースの終わりには間違いなくひしゃげてしまうのだが、それでもおれたちは手綱を緩めようとしてはいなかった。圧力に疲れているって？　圧力に不満があるって？　とんでもない、おれたちには頭じゃなくて足しかないんだからな！　そうさ、圧力様々だ！

2

まるでおれが自分の世界の、そして人様の世界の欠陥を乗り越えたように映っているかもしれない。ある問題がまさにその解きがたさゆえに、解決したように思えるってことはままあることだ。群衆は競馬場を離れていった。おれはそこにある人生の数をざっとひとからげに数えていた。三十、四十、五十……。その時思ったのは、世界には多過ぎるほど人がいるのに、自分たちが罹っている精神的貧血についてはほとんど気に留めていないってことだ。人々はますます躍起になって、《身の程をわきまえた》人間だと思われたがっているが、それはその時おれの目が見ていたもの、日々街に脈打っているものと連動しているのだ……。どうやらおれたちのこの世界は、美辞麗句や、厳粛な態度や、堅固な主義主張や山をも移す信仰というものが反故になってしまった世界らしい。これほどまでに人々が怖れを見せず、胸を苛む蠢きに、良心の呵責に、存在理由や魂の問題、虚無の恐怖に無関心な時代はかつてなかった。物質的関心については言うまでもない。精神的な領域において無関心がことごとく厳正な良心を破壊してしまったとすれば、物質の領分においてこの無関心はさらに際立っている。といっても人々が食欲の増減を感じなくなったわけでも、最悪の犯罪を金輪際起こさなくなったわけでも、天下を獲ろうと城壁に梯子をかけてでもよじ登ってやろうとする者がいなくなったわけでもない。これらすべてはこの世界でどぎつい色彩を放っている、だが同時にはっきりと伝わるのは、誰もがその皮膚の下に、幻滅と言う名のしなびた花、くしゃくしゃになった証書を秘めているということだ。先の時代においては、物質的なものも精神的なものも神の恵み、あるいは人の恵みと認識され得たとするならば、現代では誰の恵みでもないように思われていた、つまり、無関心の極みに達した人々は、もはや自分たちがどこからきてどこに行くのかを自問することもなく、誰が恵みをもたらし誰を崇拝したり怖れたりするべきなのかを自問することもなかったのだ。怖れるとは？ 崇拝って？ けれど確かに、直接的なもの、身近なものが忌まわしい結果をもたらすということもある。ぶつかってくるかもしれない自動車や、密室にまき散らされるガスや、エンジンの動かなくなった飛行機や、上司の怒りや、愛人の嫉妬や、隣人の陰口を、動物的に怖れる世界……。皮膚を、旅を、遊びを、馬を、セックスを、権力を、自分や他人の神経を崇拝する世界……。数々の除外の果てにおれたちは冷静さへと至った。おれたちはただ冷静沈着に、それらすべてを愛し怖れていたのだ。現代ほどある人が別の人と似通っていない時代もなかった。コミュニケーションが不安定になり過ぎたために、言葉の意味はどんどん薄くなってしまい、今や誰もがお互い会話という深淵に踏み込んでいくのを怖がっているのが見て取れた。この空白を埋めるための方法の一つは、ひたすらガムを噛むことだ。牛の咀嚼を想起させる製品が、他ならぬ人類の発明品だなんて本当なのだろうか？　すべてを言い尽くしてしまったがために、人は自らの孤独を反芻しているかのよう、そしてその孤独こそが、最後の時まで消費し続ける唯一の資本であるかのようだった。

地下鉄を出たおれはディックに出くわした。完璧にガム道を極めたこの男は、何かおれに重大きわまる頼みごとがある様子だった。彼は口からガム玉を取り出すと、おれに手を差し出した。

「今夜のカナスタのゲームに面子が一人足りないんだ。来れるかい？」

「すまない、ディック。映画のチケットを持っててね。もっと早く言ってくれれば……」

「とにかく来てくれなくちゃ」ガム玉をもう一度口に入れた。すごくいらいらしてるに違いない。

「絶対に来てくれ。すでに三人誘ったが話題なんてないんだからな」

「ごめん、ディック、おれの友達にも悪いしさ……。それにカナスタをやめたからって死ぬわけじゃない。噂話でもこしらえたり、戦争が起こるかもな、とかなんとか話してみろよ。それでどうにかなるだろう」

「わかってないな、最悪なのはさ」彼は必死になって言った。「彼らは夕食のあとでカナスタをするのならと言って僕の招待を受けたんだ」

「招待される側が条件をつけるってわけか。そんな偉そうな話聞いたことないね」

「どうしようもないさ……僕は彼らに従うつもりだよ。海沿いの家を売り払う話が夕食のあいだに済んじゃったら、何を話せっていうんだ。駄目だ、きみが来てくれなくちゃ。きみみたいな仲間がいないと無理だ」

おれは九時にディックの家に着いた。当然、場の空気を和ませたきっかけはガムだった。客の一人のレイモンドは、髪は薄くなりかけ、その目たるや世界を見渡す代わりに人形の目みたいに愚かしく静止していたが、タイミングを逃さず箱を取り出し、爪の尖った指を巧みに動かして、おれたちの手にガムを一粒渡した。すぐにカクテルが運ばれ場の空気は完全に打ち解けたものになった。ディックはおれのことを気遣って、お得意の精神分析ジョークでも話せよ、と言ってくれた。客の口からは唾液に混じって控えめな笑いが聞こえた。間違いなくこの連中にはもう聞くべきジョークの類が残ってなかった。そこでおれは自殺したある議員の話をしてみた。あまりうまくいかず、今度は笑いよりも唾の音のほうが大きかった。おれはようやく、この会では沈黙を貫くことでいい雰囲気が保たれるのだと気づいた。お察しの通り、それから夕食のあいだじゅうおれたちは二度と口を開かなかった。

ディックと出くわしたあの時はあまりに束の間過ぎて、他の友達とはどんな人たちなのかと聞く暇がなかった。彼らが他人との関わりを一切断った人たちだと知っておれはぞっとした。レイモンドの目は恐ろしいほどじっとしていたが、リオネルの目は自分自身へと向けられていた。これら四つの目は、注意深くおれたちと目を合わわすのを避けていた。ディックの友人たちはもちろん望んでその場にいたのだが、同時にミサをあげている司祭や外科手術中の医者みたいにも感じられた。彼らの礼拝や器具が相手にしていたのは死の沈黙に沈んだ過去だった。おれは言葉を発して、抗議し、こんな儀式なんぞに支配されなきゃいけないなんてどう考えてもおかしいと言ってやりたかったが、言葉にならなかった。ガムがぬけぬけとおれを裏切って言葉を《気化》させてしまったのだ。すべてが言われてしまったのなら、同じことを繰り返してなんになる、《状況を改善しなどしない同じこと》を——彼らはそう言っているようだった。やっと夕食が終わり、ディックはおれたちを遊戯室へと案内した。

地球から人がいなくなる前の歴史を語るとなれば、カナスタ遊びは人間たちが離散に抗して考え出した数々の苦肉の策の中でも突出した位置を占めるのかもしれない。ガムを噛むこと——カナスタ以前に、人が自らの内部に立てこもる事態を初めて反映したもの——は確かに、尽きた会話を補いはしたが、一方で孤独の幻影を払いのけはしなかった。ガムを噛みながらじっと見つめ合うために四人の男が机につくなんて土台無理な話だった。おのおのが自分の中に籠城するためには、共通の関心事でもあり、同時にそれについて話すべきことが一つもないような、四人の人間の存在を正当化する何かによって彼らが結び付けられていることが必須だったのだ。カナスタはこの見せかけのコミュニケーションの問題を丸く収めた。カナスタの考案者はおそらく、盲目なるまま運命に利用されてしまった数々の物事と同様に、想定外だったこの娯楽の目的をまったく知る由もないのだろう。ある日突然、お互いがすぐそばにいるという幻想をもたらしてくれるゲームの存在に、人々が気付いたのに違いない。

ディックはテーブルの上に一箱のトランプを置いた。これこそが命綱だ……。レイモンドとリオネルの顔から不安の色が消えた。けれども、その顔にはまだ何か、一種の驚きが、死の危険から解き放たれた人間が感じる不安の跡が残っていた。その顔はこう言っているようだった。《同じことの繰り返しになる寸前だった》

そのあいだにもディックはカードをシャッフルしていた。マジシャンのような慎重さだった。カードがぶつかり合って鈍い音を立て、ディックはもう一度それらをシャッフルした。レイモンドとリオネルの目はじっと視線を定めたまま、どんどん丸くなっていった。ディックののろのろとした準備にひどく苛立っているようだった。突然、彼らの口からピンクの風船が飛び出して、原因不明の怪物じみたいぼのように唇の上に留まった。疑いなく、ディックはあまりに長く《彼らを一人にし》過ぎたのだった。ようやく、ディックはカードをレイモンドに《渡し》て彼にカードを切らせ、レイモンドはカードを切ったあとリオネルに渡して配らせた。おれが《親》だった。そこで、おれは最初の札を出した。この瞬間に例の赤いいぼはほら穴に戻り、その場にいる四名の孤独は、明け方の五時までその壮麗な恵みを振りまいたのだった。

ゲームが進むにつれ、おれは恐ろしい考えに身震いした。カナスタの魔法が解けてしまったらおれたちはどうなるのだろう？　この無意味で、単調で、馬鹿げたカナスタが、おれたちの直面している焦眉の危機から救ってくれなどしないのは至極当然だった。この見かけ上の共存のおかげで、少なくともある意味においては、人は人のことを忘れないでいることができてはいた。お互いの顔を見ていられる限り、たとえこの馬鹿げたカナスタを口実としてであれお互いを求めている限り、おれたちはいつかはカナスタに飽きてしまうんじゃないか、とレイモンドに聞いてみることを思いついた。その時おれは、周囲の世界もまた人間によって構成されているのだという意識を失うことはない。彼の答えは、快楽はいつでも好きな時に止めることができる、しかし薬となれば中断するかどうか自分で決められるわけではない、というものだった。ひどく苛立っているようだった。だがおれはさらに踏みこんだ。いいさ！　無遠慮な奴だと思われても構うものか。《どうしてこれが薬になるんですか？》おれは尋ねた。《考えるのに役立つんです》きわめて攻撃的に彼は答えた。「何を考えるんです、レイモンドさん?」「頭に浮かんだことですよ」彼はそう答え、たった今上がりの手役を作るカードを《引いた》のにかこつけ、苦難の時にも幸運は常に自分を見捨てないでいてくれる、と言って話を逸らした。

翌日ディックが電話してきた。「またカナスタの話ですまない。いや、また四人目の面子になれと言いたいんじゃない。レイモンドがきみを誘っているんだよ。彼が会長をやってる、クラブ・カナスタ86を紹介したいんだそうだ。レイモンドのことは好きじゃないかもしれないが、あのクラブに行ってみる価値はあるよ。うん、きみもカナスタ86の話を聞いたことはあるはずだ、壁が何百もあるようなところでどんなカナスタが行われてるんだろうって感じだろ……。そうさ、何百の壁だよ、きみが思うような四方の壁じゃなくて、何百だ。言葉通り、何百もの壁だよ……。そう、もちろんだ、いつも驚くばかりだよ。夜九時に友愛記念碑の前に来れるかい？　レイモンドが車で迎えに来てくれる。当然、僕もゲームに参加するとも」

クラブ86のことは嫌と言うほど知っている、と言っても、知っているのは入口だけだが。我々の大都会にある多くのものと同様、馬鹿でかい建物だ。隣には世界最大のダイヤモンド映写室がある。地下通路がこの二つの巨大な建物をつないでいる。今世紀の溜め息橋といったところか。映画会社はこの危険な隣人に不満たらたらだ。映画の観客数も多いのだが、夜ごとカナスタ86に押し寄せる客の数には到底及ばない。

「何百もの壁ってのは何なんです？」おれはレイモンドに聞いた。「ディック、びっくりするようなことを電話で言ってたよな？」

「これですよ」ガラス扉を押し開けながらレイモンドは答えた。おれたちが出たのはまわりをびっしり何十もの扉に囲まれた円形の部屋だった。レイモンドは適当に一つの扉を開けた。入っていくとそこは独房のような小部屋で、ちょうどゲームをする机と椅子を置くだけのスペースがあった。これが他に幾つもあるこのクラブの遊戯用独房の一つだった。机の前にはこう書かれた張り紙があった。《勝つか負けるかに意味はない。大事なのはプレイすること》

レイモンドは今いる円形の部屋が、この建物の二十のフロアそれぞれにあるのだと説明した。「計算してみると」彼は言った、「各フロアに二百五十の部屋ということで、二十のフロアに計五千の部屋、そこで二万の市民がカナスタをプレイするわけです」

「レイモンド、しょっちゅうあら捜しして恐縮ですが、カナスタが流行してるのにはどうも納得いきません。他にもトランプゲームはあるでしょうに……」

「他にもゲームはありますよ」軽蔑とともに彼は答えた。「しかしカナスタは選ばれたゲームです。他のゲームでは我々の求める必要条件を満たせないでしょう」

「お願いですからその条件とやらを全部教えてもらえませんか?」そう言っておれは彼をじっと見つめた。

彼はこう言ってその問いを避けた。

「ご自身でお当てになって御覧なさい。クラブ86の会員になったらこの信仰の秘密を手ほどきして差し上げますよ……。しかし非情な奴だとお考えにならないよう、ほんの一つだけ条件をお教えしましょう。あらゆる室内ゲームのうちでもカナスタはもっとも患者への麻酔効果が大きいのです。倫理的苦痛はすべてカナスタによって《眠った状態》になります」

少し間を置いてこう付け加えた。

「私は無口な人間で、人生における努力はすべて永遠の無言を目指しています。だからこそ、失礼ながら、あなたの絶え間ないおしゃべりは私を苛立たせるのです。二万人のプレイヤーがいるにもかかわらず、このクラブは我々の街で一番静かな場所なのだと言ったら、あなたは驚かれるでしょうな」

「静か過ぎますね、レイモンド、静か過ぎです！」皮肉を込めておれは言った。「何百の壁の中に積み重なった沈黙のせいで、ある日突然カナスタ86がばらばらに破裂しないようにご用心を」

レイモンドは聞こえないふりをしておれたちを他の小部屋へ案内した。本当に沈黙は重苦しいほどだった。「このでかい賭博場では」おれはレイモンドとディックに言った、「声というのはあんまり有難がって手を合わせるものでもないようですね。と言うのは、こことは正反対に、本物の賭博場こそは人の声があらゆる音域を駆け廻り、喜びや怒り、苦しみ、絶望、生きることの不安や死ぬことへの決意が、他のどこよりも壮大なものとなる場所ですからね」

「仰々しい、こてこての名調子ですな」レイモンドが言った。「言葉が有り余っていて、その言葉でもって一悶着起こしたいのですね。ですがね、いいですか、お気づきかどうかわかりませんが、おそらく気づかれてすらいないのでしょうな。ここは賭博場じゃありません。賭けはやりません、ここでは金のためにプレイするのではなく、勝ち負けも意味を持たないのです」

「それじゃあ」おれは怒って言った。「それじゃあ、遊戯の快楽だけってわけですか？」

「それも的はずれです」顔を引きつらせてガムを噛みながら、レイモンドが答えた。「我々の関心は遊戯よりも共に居ることにあります。あなたは人間嫌いでいらっしゃるようだが、我々は共生を尊んでいる」

おれたちは円形部屋を斜めに横切った。レイモンドがあるドアを押し開けて中に入るよう促した。彼は指を一本唇に当てた。女二人男二人の四人組がその小部屋を占めていた。彼らはレイモンドに会釈し、レイモンドのほうは、聾唖者と通じ合う時にやるあの独特の仕草でおれたちを紹介した。《一勝負》が終わるまで、おれたちはじっと動かずに沈黙を保った。

「グラディス」レイモンドは女性のプレイヤーに話しかけた、「最後に会ったのは百年も前だったかしら、なんてうちの妻が言ってたよ。明日カナスタをやらないか?」

「あら、もちろんですわ! もう永い間一緒にプレイしてないわね」人のよさそうなグラディスが答えた。

「さぞかしたくさんお話になることがおありでしょうね」おれは慌てて言った。

グラディスの顔にはこれ以上ないほどありありと驚きが浮かび上がった。いきなり来てこんな馬鹿な質問をするこの男は誰なのか、彼女は目つきでレイモンドに尋ねた。

「いいえ」彼女はそう答えざるを得なかった。「お互い何も、何一つとして話すべきことなどありませんわ」

混乱と恥辱を覚えたまま、彼女はカードの束を手に取り、苛々とシャッフルし始めた。

《一勝負》が始まり、おれたちは別れを告げた。ふたたび円形部屋に出た。おれの考えを先回りしたかのように、クラブの二十あるフロアのうち八つはゲスト用になっています、とレイモンドが話し始めた。

「事務所が一つあって、各部屋からのご要望に対応しています」レイモンドが言った。「誇るべき我々のカナスタは順風満帆と言わねばなりますまい……」

「不可思議な見学でしたよ」おれは言った。「あなたを含め、これらの人々が皆、熱狂的にゲームに興じているとは。人同士のコミュニケーションが断絶してしまったら……」

レイモンドが話を遮った。

「失礼ですが、断絶してしまっても何も起こりませんよ。世界が我々の手中でばらばらになってしまうわけではありません……。世界は歩みを止めることはない。どうやって歩んでいけるのかって？ コミュニケーションなきままに、ですよ。人々はコミュニケーションを取ることをやめてしまった、それでもあなたと同様まったく生き生きと熱を帯びているでしょう」

「たとえ一人だけになっても、誰も話しかけてくれなくなっても、あなたがたが救いがたい狂人だという私の主張は変わりません。あちこちに言いふらしてやりますよ。一人でしゃべって自分で聞くような羽目になっても、私はそうします」

「なんでもお好きにおやりなさい」恐ろしく冷淡にレイモンドは言った。「我々のほうでは、沈黙につぐ沈黙を生み出していきますとも。さてここでこのクラブ館内についての最後の説明をさせて頂きましょう。フロアのうち二つは、クラブ会員でも我々の友人でもないが、他人とともに居るのが好きなタイプの人たち専用です。それらのフロアでは知らない人同士でカナスタをやります。もっとも、一人（時には二人）《面子》が足りないということも起こり得ます（実際に起こります）けどね」

「じゃあ何をするんですか」おれは叫んだ。「何をするっていうんですか、そのついてない人たちは？」

「なに、人数が揃うまでずっとカードをシャッフルし続けるんですよ。だがそんなどうでもいいことはこれくらいにして、パーティー会場を見ておきましょう」

彼はおれの手を引き、おれたちは廊下を歩いて行った。レイモンドが時計を見た。

「まだ数分余裕がありますな」彼は言った。「十時にゲストがやってきます。新郎新婦は我が友人で、光栄にも私は彼らとプレイすることになっているのです」

「新郎新婦ですって……？」おれは叫んだ。「ご冗談ですか？」

「大真面目ですとも。新婚夫婦たちはカナスタの対戦で結婚を祝うのです」

おれはかっとなった。

「あなたがたは変人というか、狂人の集まりだ……。正気ならカナスタの対戦で結婚を祝ったりしませんよ」

「ならば我々は二万人の変人たちだと仰るわけですな」馬鹿にした口調で彼は答えた。「カナスタを崇拝し、そしてそれにも増して、はるかに強く、沈黙を崇拝する二万人の変人たち、あるいはこう言ったほうがお好みなら、二万人の狂人たちというわけだ」

誰も彼もが沈黙するというぞっとする考えは、おれには受け入れがたかった。馬鹿と思われても構うものかと、おれは言い張った。

「生きた感情の表れが沈黙によって表現されるなんて信じられませんね、恵み多き結婚を祝うべきそうしたパーティではなおさらです。そんな機会にこそ喜びがこれでもかと溢れ出し、この上なく高揚した声が出てしまうものじゃありませんか」

レイモンドは微笑み、変わり者を見る目でおれを見た。ようやく彼は、端的にこう言った。

「芝居がかった方だ、劇的なること満点ですな。あなたは結婚を言葉によって祝わないと世界は終わりだとお考えなのですね……でもね、いいですか、世界は終わりなどしませんよ」

「お気をつけなさい！」おれは言った。「気をつけることですな！　独りで居ながらも同時に共にある。あなたがたはそうお考えなのでしょう。大いに心配ですよ、結局あなたがたがどうしようもなく孤独なままに終わるんじゃないかってね。そしたらどうなるでしょうかね？」

お互い理解しあえない問題ってのがあるもんだ。

「ふん！」レイモンドが言った。

「ふん！」ディックが言った。

「ふん！」しまいにはおれもそう言った。

なんとも珍妙！　なんとも異様！　なんとも滑稽！　なんとも哀切！　信じたくないことではあるが……、この三つの「ふん！」が、そして他の何百万もの「ふん！」が、一団となって首尾よく陰謀の勝利を後押ししたのだ。

3

休みの日だった。おれたちは十時にベッドから起きた。でも、それよりずいぶん前におれは妻を起こしていた。どうしようもなく会話したかったのだ。おれはしゃべりまくった。妻はときどきあくびをしては毛布にくるまっていた。無言の抗議を気にも留めずおれは話を繰り返した。妻は寝言で返事するだけだった。ついに激怒して、あいつを叱った。非はおれにあった。フリアの落ち度はただ寝坊助だということだけだった。結局おれはあいつに許しを乞うた。

「一体何だっての」あいつは言った。「何かあったね。まるで街頭演説みたいじゃない」

おれは口を閉ざした。髭を剃り始めた。これなら話さずに済む。今度はあいつが怒る番だった。カップや皿を投げつけてきた。コーヒーをまき散らし、あんたにはユーモアのセンスってもんがないのよ、と言った。落ち着かせるためにおれは言った、そうだよ、ひどく気が立ってるんだ、実はローゼンフェルド兄弟がさ……。あいつは呵責を覚え、許しを乞うた。お互いに許し合い、お決まりの手続きを経て、すべてが元通りになった。

おれたちはうまくやっている。同じ欠点を抱えた二人だから、できる限りうまく、といった具合だが。二人ともお互いの話を聞けないのだ。フリアはおれが話すことを理解できないし、おれにはあいつの言うことがお手上げだ。それでもおれたちはなんとかやっていて、心から愛し合ってすらいる。万事順調だ。一緒になって十五年になる。詰まるところ、お互いを理解してないなんて、それほど大したことじゃない。わからなくたってお互いの話を聞く忍耐力はあるのだ。考えてみれば、おれたちの会話は素晴らしいもんだ。おれは妻に宝石の話をし、妻はおれにニワトリの話をする。大のニワトリ好きなのだ。その上、あいつはカナスタもやらず、おれがカナスタをやることも知らない。カナスタ勝負の有為転変の最中に子供を産む日が来るとしたらなんて、考えただけで身の毛がよだつ。

大げさだとはわかっているが、運悪くレイモンドみたいな奴と関わったが最後、あらゆることが暗く歪んで見えてくるものだ。品良く思われんがために本心を隠すのは好きじゃない。この文章の最大の美点は馬鹿正直に書いてるってことだと思う。生まれも育ちもしがないこの身、文才を気取ろうとしても無駄だ。先日の夜クラブ86で見たもののショックからまだ立ち直っていないんだと、率直にそう言わなければ。それどころか、おったまげること満点だったと言うべきだろう。もちろん、おれが驚愕していることなんかに驚いたりしない賢い人たちも山ほどいるだろう。だがそんな奴らに用はない。

家を出たのは十二時くらいだっただろうか。フリアとはバスの中で別れた。買い物に行くのを断ったのが機嫌を損ねたのだ。まるで別々に暮らしてるみたいだわ、と言った。その一年後には、あいつは別人になっていた。もはや永久に離れ離れになるという時、あいつの顔は満足しきって生き生きと輝いていたものだ。ついでに言っておけば、主婦の典型、卑俗さの典型であるうちの妻は、地球離脱の熱狂的支持者だった。これらすべては大惨事へと我々を導いたあの気違い沙汰の一部だったのだ。陰謀家たちに言わせれば、大団円へと導いた、となるわけだが。

爽やかな一日になりそうだった。暖かいと人は気持ちが休まるらしい。おれは数ブロック歩いてみることにした。何百万人が住みその圧力に満ち満ちていても、おれはこの街が好きだった。坂を下っていった。いつだったか誰かが、街に人がいなければさぞ居心地もいいだろうと言ったことがあった。なんともはや、世の中には極めつけのアホがいるもんだ。大安売り中のガトスに入って行った。フリアの靴下を買った。もうみんな冬に備えて買い物をしていた。冬支度を眺めながら、物事はいつも通りに動いているとおれは考えた。おれはほっとした。世の中には狂ったところもあるが、最後はいやでも元通りに戻る。おれは甘いものを食べ、アイスを買い、レコードをかけて挙句には自動写真機で何枚か写真まで撮った。いわゆる戦士の休息ってやつだ。でも、戦ってなんていたっけか？　いや、この瞬間には戦いはなかった、でもほんの数分後にやってくるのだった。ふたたび外に出て、ヘンリーに出くわすほんの数分後に。

ヘンリーは小太りの洒落者だ。名家の出ではあるが、毛穴と言う毛穴から凋落が滲み出ている。息をするのはその傷口からという始末。この凋落は二十年越しの年季ものなのに、いまだにそのことを嘆いていた。まったく、平々凡々たるスノッブだ……。父親の自殺という財政的惨劇の余波を受けて、つつましやかなアパートに住んでいる。宝石の件でたまにおれたちは会う。上流社会とのコネによって、時には彼があちこちにダイヤやエメラルドを纏うこともあるのだ……。宝石を崇拝していたが、口では大嫌いだと言うようにしていた。要するに、自らの破片をふたたび集めたがっているぼろぼろの記念碑のような男なのだ。いつだったか、そういう上流の大金持ちたちは、一夜にして没落を味わうものさ、と彼は言っていた。それこそが彼の強迫観念だった。ヘンリーに聞かせてやれる最良のニュースは、どこそこの億万長者が破産宣告したと教えてやることだ。この手のセンセーションは彼の精神を若返らせる。当然、金持ちたちのとても聞くに堪えない内情には詳しかった。彼によれば、カトリック・アクション連盟の会長であるラウラ・ファッジョーニは売春ブローカーだし、その息子で司祭のオスカルは共産主義者だということだったが、ヘンリーはそうした噂を露ほども疑っていないにもかかわらず(この方面に関しては確かな情報源を持っているようだった)、善良なるラウラとお茶を飲みオスカルに罪を告白し続けているのだった。

ヘンリーは上機嫌だった。ある前途多難な旅行についての話のネタを抱えていた。多分旅行を計画しているだけだろうが、計画は旅行自体と同じくらいわくわくするものだ。彼は旅行についてしゃべりまくった。何かの拍子には、老いぼれトトが社交界の嘲笑の的になっていることを話題にした。八十にもなるこの死にかけの男は、ラウラの友達のところの料理女が産んだ子だったことが判明したのだ。くだらない井戸端会議じみた話だったのはその通りだが、少なくともヘンリーは熱く語っていた、興奮し、馬鹿げたことを口走りながら、哀れなほどに、しかし饒舌に。おれはピラミデで一杯やろうと誘った。彼は喜んだ。そこは退廃的ながら高級な店だ。目玉が飛び出すほど高い。ヘンリーがその魅惑的な噂話で元気づけてくれるなら、両目とも飛び出す覚悟はできていた。ヘンリー万歳だ！　彼もまた地球を去ったが、スノッブの血筋に背かぬようそうしたのは明らかだ。スノッブたちが陰謀に加担していた以上、それを守り忍従するしかヘンリーに道は残されていなかった。《忍従する》と言ったのは、彼は最後の瞬間まで自分が陥りつつある恐るべき孤独を嘆いていたからだ。ピラミデはほとんど無人だった。午後十二時から一時のあいだにここの扉をくぐる人たちの目的は、ただ優雅な習慣を続けるためというに過ぎない。悠々自適に人生を過ごしている人々のための時間帯として知られているのだ。夜は別物で、群衆の孤独を迎えるナイトクラブ、人々がお互いを理解し合わないための場所となり、そこでは人間離れした叫びがあがり、そして何より、夜特有のあの嘘っぱちのコミュニケーションが飛び交う——光輝きながらも暗塞《くれふさ》がったサロンの夜、首まで黒い墨に浸かり、伝え得ないものを告白する気満々の。

だがしかし、午後十二時から一時のピラミデは見かけ倒しなんかではなかった。それは孤独そのもの、飾りのない、衒《てら》いのない虚脱そのものだった。それは自らに死を宣告した者たちのサロンだった。

「気違《ロコ》いにでもなったのかい、それとも金持《リコ》ちになったのか？」ヘンリーが言った。「ピラミデは大金持ちの来るところだよ。僕も今ここを訪れる機会は数えるほどしかない。ピラミデの馴染みだったミナ婆さんが死んでからはね。この時間にカクテルを飲んで何が楽しいのかわからんね。知ってるかい、きみ、この時間はカクテルしか飲んじゃいけないんだ。ここピラミデで、ミナと僕は十年ものあいだカクテルを飲み続けてきたのさ」

「でもヘンリー、少なくともきみたちは何かしら会話してただろう」

「そりゃもう、話しに話したとも。彼女は彼女の話を、僕は僕の話をね。彼女のほうがたくさん話してたが、それも至極当然さ、おごるほうはおごられるほうより偉いからね。あのおしゃべり婆さんは自分の話を洗いざらいぶちまけて疲れ果て、今にも硬直した心臓が胸から飛び出さんばかりだった。時には僕も取るに足らない我が叙唱《レチタティーヴォ》を一節挟むんだが、つまるところ聞くも話すも大差ないからね。彼女の話を聞いてるとだんだんと自分が話してるみたいになったもんだよ。きみの頭の上に見えているあの金色の時計が、出し抜けに一時を打つ。すると全軍撤退さ。婆さんは見事なまでに僕をほっぽり出して去ったもんだ」

「するときみたちはこのピラミデで、カナスタは一度もやらなかったのかい？」

ヘンリーの丸顔に驚きが浮かんだ。まるで誰かに聞こえるんじゃないかとでも言うように、彼は周囲を見回した。

「何、何だって、きみ？　何て言った？　ピラミデでカナスタだって？　カナスタ？　ピラミデは高級店だよ。見ろ」そう言って強張った指でおれに電飾を指し示した。《ピラミデ：カクテル専門店》哀れなミナが聞いたらもう一回おっ死んじまうだろうよ。カナスタときた！　一体どうしたって言うんだい？　やらないよ、カナスタなどやっても意味ない、犯罪と同じだ。それに、ミナはすでにカナスタを超越していたよ。カナスタは庶民のための、俗悪な暇つぶしさ」

「何だって！」今度はおれが仰天する番だった。「ヘンリー、カナスタをやらない人たちもいるって言うのか？」

「まあ、なんというか、落ち着けよ……。大げさなことじゃない。誰でもカナスタのやり方は知ってるさ、でももうカナスタをやらない人種もいるんだ」

「それじゃ何をやるのかな？　なにしろ日がな一日会話に明け暮れるなんて思えないからね」

ここでヘンリーは腹を抱えて笑った。彼はカクテルをぐっと飲み干した。ハンカチを取り出し、眼鏡を拭き、それからおれを憐憫の目で見た。

「一体誰が、宝石屋さんのきみを除いて一体誰が、一日中話していられるなんて思いつくもんか。会話をするのは十二時から午後一時のあいだだけだよ。それが終われば立ち去るか留まるか、とにかく気の向いたことをするのさ、ただし話す以外のことをね。カナスタについては――僕の周りの話だよ、他のところではどうかわかりっこないからね――、おととしまではおこなわれていたよ」

「ヘンリー、クラブ86には二万人のプレイヤーがいて……」

「知ってる、知ってる……でも勘違いしないでくれよ、すぐに彼らもカナスタ遊びをやめるさ。連中は僕らを真似るんだ、いつもそうだよ。民衆が選ばれた者たちの逆を行くのはただ彼らの真似をするためだ。ともあれ僕らは会話もせずに、カナスタの懐《ふところ》で十年間を過ごした。だけどある晩のこと、新しい時代が突然コラの家の応接間のドアから入ってきたから、それを迎え入れなければならなかった。コラがカードを机の上に放り出し、縮み始め、後退し始めて、しまいには膝が頭の上まで折り曲がったのを覚えてるよ。膝をおでこにくっつけた姿はまるで子宮内の胎児みたいだった。わたししあわせ、と彼女は言った。収縮が流行り出したのはそれからだ。その翌日、コラはまた縮んだ人間たちを迎え入れていた。そんなの出鱈目《でたらめ》だと思うだろうね。その人たちは縮み始めた、彼らが唯一気にかけるのはできるだけ小さな空間を占めることだけだった。話せば長い話だし、ここピラミデで、ただこれだけを話したら、嘘っぽく聞こえるもんだ。僕としても、こんがらがった糸をすべて解きほぐすだけの言葉を持ち合わせていない。その糸は言葉よりもずっと長いからね。要するに、何か不道徳で、曖昧な、痛ましいことだったんだ。もちろん、僕たちも驚いたさ、でもうまく言えないが、すべてはその前のことから生じたんじゃないかと僕は思っている。あまりに縺《もつ》れ過ぎて糸の行方を見失うような物事ってのがあるんだよ。確かなのはコラが収縮したこと、そして彼女をはじめ大勢の縮んだ者たちがいるってことだ。この収縮がどんなものなのか説明してやりたいが、でももうあの時計が一時になるから僕らだって黙るとしよう。収縮が説明のつかないものであるならば、収縮について説明するのはもっと説明がつかないことだからな」

「すまない」おれは話を遮った。「今、すべてはその前のことから生じたって言ったね。その前のこととは、カナスタなのかい？」

「そうだとも違うとも言えるな……。なぜならカナスタの前のことというのもあって、そちらは何のことだったかもう誰にもわからないんだ。だからこそ糸はこんなにもつれてしまっているのさ。でもそれは大して重要なことじゃない。驚くべきは僕たちが収縮に辿り着いたってことだ。しかしよく考えてみれば、そうなって当然だったんだ。カナスタの時すでに状況はかなり悪くなっていた。ミナは不吉を告げる鳥よろしく、我々にはもっと大きな不幸が訪れるだろうと飽きもせず言い続けていたよ。だって黙りこくってやるカナスタをミナは憎んでたからね。そんな風だから彼女は誘われなくなって、ひっきりなしにしゃべり続けていたし、カナスタは他人との接触を失わないための口実で、人々は皆、まだそんなものが残っていたとしてだが、各々の思考に閉じこもっているんだと聞かされた時は、手負いの雌獅子のごとくのた打ちまわっていた……。彼女がタイミングよくすっぱり収縮してしまったのは不幸中の幸いだ。彼女の人生最後の年はひどい試練だった。もう僕しか頼れなかったんだ」

急に彼は黙り込み、金色の大きな時計をじっと見つめ始めた。糸を繋ぎ合わせるべく、いくつか質問をしたかったが、ヘンリーは物思いに沈んでしまったようだった。三杯目のカクテルを飲む時間はあるかい、とおれは尋ねた。

「一時を過ぎた」彼は答えた。「わかるだろ、一時を過ぎたらもう話をするものじゃない。よければ少しばかり歩かないか?」

おれたちはピラミデを出た。おれは話題を変えるために、エメラルドのネックレスを買ってくれる上客を見つけてほしいんだ、ネックレスの値段からして、仲介料はたんまり出るはずだ、と言ってみた。

「なあ、ヘンリー、旅行資金を調達するには絶好の機会じゃないか」

「そうなりゃ結構だな」彼は少し嫌味っぽく答えた。「そうなればいいが。僕も他の人たちみたいに旅しなくちゃ……」それから大声で笑った。

どこの国に行くつもりだい、とおれは尋ねた。彼は聞こえないふりをして話題を逸らした。そしてすぐ、あと一時間付き合ってくれるか、と聞いてきた。

「一時間でも二時間でも」おれは言った。「今日は休みなんだ」

「コラが持ってる年代物の宝石をきみに見てほしいんだ。現在の市場で高値の付く石だというわけじゃない。むしろ歴史的価値のあるものさ。ほら、流行を追う女なら絶対に首からぶら下げたり指に嵌めたりしないが、ショーケースに入れて眺めれば愉楽の一時《ひととき》を授けてくれるような類の宝石だ。いいや、売り物じゃないが、突如行方がわからなくなることだってある。いいだろ、一見の価値ありだよ」

おれたちをコラの寝室へ案内しながら、秘書はヘンリーに、奥様はとてもご機嫌がよろしゅうございます、と話していた。それから付け加えて、たった今お医者様が、間もなく準備万端整うと仰いましたの、と言った……。

秘書はドアを開け、おれたちの来訪を告げた。そこには、社交界のニュースでたびたび話題になるあの有名なコラ・ラサが、寝室の中央に置かれた椅子に座っていた。大きな目を見開き、血の気が失せてじっとしている様は、マネキンみたいに見えた。

「とっても嬉しいの、ヘンリー」もごもごと彼女は言った。「たった今お医者様が来週から始めましょうって言ったの。さっさと日が過ぎないかしらねえ」

「どの旅行をやってもらえるんですか、コラさん？」彼女の手にキスしながらヘンリーが尋ねた。

「十日間旅行から始めるわ。大して長くないけれど、お医者様はすぐに豪勢なクルージングもやりましょうって言ってたわ」

「コラさん、エドムンドが主治医から六カ月旅行に出る許可をもらったってご存じですか？」

「まあ、ヘンリー、なんて素晴らしいこと！　そんな快挙はエドムンドみたいな人じゃなきゃできないわ。なんてことでしょう、六カ月の休息なんて、六カ月よ、ねえヘンリー、考えることもなく、ずっと旅するのよ……。何も見えないって噂よ。何か知ってる？　エドムンドに話を聞いた？　こないだの旅行が終わったら来てくれる約束だったのに、少しも経たないうちにまた乗船したらしいじゃない。一体いつ始めたらいいのやら。お医者様によると、その船に足を踏み入れたとたん、人は自分自身であることをやめるのですって。だっていいこと、ヘンリー、これまでは自分自身と一緒に旅しなければいけなかったし、それが旅行を台無しにしてきたのよ。そんなのが旅行って言えればの話だけど。一度だってコラ・ラサを波止場に置き去りにできたことなんてないのよ。コラ・ラサなんてくそくらえだわ！　でもヘンリー、今は状況が変わったの。コラ・ラサを地上に残していくためなら、どんな代償だって払うつもりよ」

　彼女は狂人みたいに笑い出し、体を伸ばして、おれにも一瞥をくださった。ヘンリーがおれを紹介した。おれは不愉快だった。暗号じみた会話に苛立っていた。もっと地に足の着いた話をしなくてはいけない。おれはヘンリーのほうを見て、早くその有名な宝石を見たくてたまらない、と目で伝えた。ヘンリーは知らんぷりだった。その時コラがおれに言った。

「さぞかしたくさんご旅行なさっておいでのようね。すっかり収縮をご卒業のようですもの。お幸せそうなお顔ですわ。エドムンドから一等賞の座をお奪いになるおつもりかしら？」

「まさか、奥様。エドムンドは旅人界の王様ですよ」

「あなたに言ってるんじゃなくてよ、ヘンリー！」猫みたいに手を揺らめかし、体を伸ばしながらコラは叫んだ。「エドムンドは旅人界の王様なのよ」

我慢の限界だった。馬鹿の役回りを演じるという優雅なお遊びも御免だった。おれは商売人だ、白黒はっきりさせたいんだ。おれは虎穴へ飛び込んだ。

「奥様、もしよろしければ、最初の十日間旅行をお済ませになったあとで、もう一度このお宅にお邪魔させて頂ければ光栄です。思いがけないご体験のお話を、ご自身の口からお聞かせ頂ければ大変興味深いでしょうから」

コラは呆然となった。目玉をくるくる上下に動かしていた。唖然としたまま、ヘンリーを見て、おれを見た。

「お聞かせ？　お話ですって？　思いがけない体験？　よくわかりませんわ、お客様。ヘンリー、あなたわかって？　だって、話すことなんか何もないでしょうからね」

「つまりですね」おれは空しくも皮肉を込めて言った。「その旅について話すことなど何もないということをお話し頂きたいわけでして……」

「もしそうじゃないなら旅行なんて考えもしませんわ」彼女は答えた。「いいですか、事は明白です。見るために旅行するのではなく、見ないために旅行するのですよ……」彼女は声をあげて笑い、ヘンリーのほうを向いた。「ねえ、これは銘文にうってつけの文句ね、そう思わないこと?」

ヘンリーはコラの機知を褒めちぎり、賞賛の言葉を浴びせた。これらの賛辞がコラの金からヘンリーの旅行資金を生み出すのだ。すっかり緊迫感が失せてしまった。おれはなおもこだわった。

「旅行を心待ちにしておられるのはよくわかりますよ。ずっと縮こまったまま生きることはできませんからね」

「最初は気休めになったのよ」大きな溜め息を繰り返しつつ彼女は言った。「カナスタをやらずに身を縮めたままでいると、幸せの絶頂に思えたわ。パーティは終わり、友達も、夫も、子供たちも、愛人たちも、ワンちゃんたちも、噂話ももうたくさん。歯止めが効かなくなって、できる限り限界まで小さくなっていたわ。だからそうしたことすべてを旅行にも求めているの。はじめは十日間旅行、先では一カ月、三カ月、六カ月旅行……。お客様、あたくしたちなら十二カ月旅行だってできると思うわよ。ぜひご一緒しましょう。もちろんヘンリー、あなたもよ。約束してましたものね。あたくしたちは別々に旅行すると同時に、一緒に旅行するのよ。それぞれ各自の船に乗って……」

「あるいは飛行機に乗ってですね……」おれは彼女の目をじっと見据えて言った。「金を払えば、交通手段は選ぶことができます」

「まあ、ヘンリー! この方の仰ることを聞いた? ご旅行なさったことがないのが丸わかりね。旅行をするとはわかっていても、旅行の最中は自覚できないのだし、ましてや何に乗って旅行しているかなんて知る由もないんですからね」

「まあまあ、コラさん」ふたたび彼女の手に口づけしながらヘンリーは言った。「落ち着いてください、興奮するとよくありませんよ。元気はすべてそのご旅行のためにとっておかなくちゃいけないということをお忘れなく。もうここらでお暇しましょう、御免ください」

4

これらの出来事を語るのは、その体験そのものと同じくらいぞっとする。こんなこと物書きにとってはお茶の子さいさいなんだろうが、おれにとってはちんぷんかんぷん。揺り籠の中の妖精たちによって、今世紀の作家たちには共通の才能が与えられた。つまり、人間たちが恐るべき存在であることをふとした拍子に表して見せ、同胞たちを恐怖させるという才能が。かくも恐ろしい役目をしっかりと果たした彼らも、地球が見捨てられるというこの終末的な究極の恐怖について語ることについては、完全に拒否したのだ。誰が彼らを読むってのか？　この傲慢な人種は綺麗さっぱり足を洗って去ってしまったのだ。それが一番よかったのかもしれない、揺り籠で恐怖の才能を授けられたこの連中が、いざ陰謀の由来、発展そして勝利を語ろうとすれば、その物語は人をそそのかす有害な力を持っただろうからだ。同胞たちを恐怖させることはまた新たな作家たちが続けていくだろう。もしこの本を誰かが読むことになったとしたら（実際のところ、誰かしらが存在し続けるのだろうか、地球は元の姿に戻るのだろうか？）、書き手はプロの文筆家じゃなくて無学な宝石屋だなと気付いて、そこで語られるすべてをほとんど、あるいは少しも相手にしないに違いない。もちろん事実は受け入れるだろうが、宝石のことはよく知っていても、その事実に形を与える匙加減にはとんと疎い誰かの手によって歪曲されたのだと、にやにや訳知り顔で考えることだろう。

ヘンリーは黙って歩いていた。おれには彼が、もう今頭の中の海を前もって旅しているのがわかった。おれのような愚か者でもこの種の沈黙を尊重することぐらいは心得ている。おれもまた、コラの家で体験したあの馬鹿げた光景を整理しようとして、知恵の限りに頭を捻っていた。そもそもの宝石自体が、不在という名の輝きを放っていたのだ。ヘンリーがおれをコラの豪邸へ連れて行ったのは、年代物の宝石をおれに見せるのが目的に他ならなかったはずだが、蓋を開けてみると威圧的な眼差しで、それについては何も言うな、と禁止する有様だったじゃないか。慎み深く振る舞えるほど立派な趣味をしていないおれは、以上の考察を洗いざらい彼に告げた。彼は大声をあげて笑った。

「きみは偉大な宝石屋だが、心理学者としては最低だな。感傷的な価値しかないとはいえ、コラこそがまさしく年代物の宝石だということに異論はあるまい」

はっきり言っておれは失望した。おれが好きなのは触れることのできる宝石であって象徴なんかじゃない。ヘンリーのアホめ！　そりゃおれはもちろん心理学者なんかじゃないし、華美な椅子に腰かけたあの気違いコラが、人間の姿をしていながら（本当に人間か？）実は流行を過ぎた貴重な宝石のレプリカだということを瞬時に見抜けるはずもない。宝石屋である以上当然だが、ルーペをかざした手の中でおれが相手にしてきたのは紛う方なき本物の石なのだからなおさらだ。それらの石の切断面、反射、虹色の輝きは、おれの五感にとって官能的な喜びとさえ言えるものだった。歴史的なものでも感傷的なものでもあるそうした価値こそが、おれを欲望へと駆り立てて皮算用に没頭させ、やがておれは心震わす競売の恍惚や、競売人の調子はずれの声や、競り手の蒼白の眼差しを体験することになり、ついにはあの石を手に入れることにすらなったのだった。これこそガストン・ローゼンフェルドがおれたちに求めていたことだったんじゃないか？　もしガストンがその時のおれ、ヘンリーに手を引かれて通りを歩き、混乱と恐怖に満ちたままで、コラやらレイモンドやらあの身なりのいい紳士やらの一切合財を考えているおれの姿を見たとしたら、競争心などこれっぽっちも残っていないと考えただろう。一瞬おれには、それら有象無象の連中の骨が塵煙となって、デルフィを覆い曇らせてしまうような気がした。

おれはヘンリーをその場に独り置いていくことにした。彼がのたまう象徴的宝石やら想像上の旅行やらと一緒にそこにうっちゃっておこうとしたのだ。狂人じゃあるまいし、旅していながら同時に旅していないとか、地上に残りながら船に乗ってもいる奴の話なんか聞いたことがない……。おそらく、とおれは思った、こんなに神経に触ることを調べるのはやめたほうが得策かもしれない。コラ・ラサが縮こまって暮らしていることを太っちょヘンリーから聞いたから、あるいは一万人の馬鹿がカナスタをして過ごしているクラブをレイモンドに紹介されたからって、世界は終わりを迎えるわけじゃない。縮こまった者たちやカナスタ好きたちの世界にはなるだろうが、しかしだからといって他と同じ一つの世界であることに変わりあるまい。陰謀が猛烈さを極める最中、一体おれは何度こうした考えに戻ってきたことか、しかし、ああ！　それも今となっては無駄なことだ。人々が地球を離れるにつれ、おれは自問したものだった。《たくさんのコラ・ラサたち、たくさんのレイモンドたちの時点で、すでに状況は悪化していた、でも少なくとも、地球上で起こっていたことだったじゃないか……》。突然ヘンリーがおれを思考から引きはがした。

「きみはあの旅行をしたいかい？」

ようやく奴に一発お見舞いしてやる時がきた。詐欺にかけられた宝石屋の恨みを、このスノッブはこれから思い知ることになるのだ。

「きみらのような気違いと一緒じゃなければいつでも歓迎さ……。もう大概大人なんだ、子供じみた愚行は慎まなきゃ。コラ・ラサが空想にふけって暇をつぶすのは結構だが、おれをその遊びに巻き込むのは断固御免だ。きみはおれに本物の宝石を見せてくれると約束したが、出てきたのはただ虫唾の走るような女、完全な狂人だったじゃないか。ヘンリー、どうなっても知らないぞ、きみは誤った道へ進んでいる」

ヘンリーは蛙の面に水といった風情だった。彼にしてみればおれはあたかも田舎の教会で説教するカルヴァン派の牧師のようだったのだろう。笑い声をあげないよう懸命にこらえていた。

「説明しなくちゃならないようだな。本当にお怒りなのか怒ったふりなのか知らないが、とにかく説明しよう。もちろん、いったん説明したらもう批判するのはやめてくれよ。よく考えてくれ、真相を知りたいか宝石相手の日々に戻るほうがいいか……」

「話してもらおう。気違いじみたことばかりの一日だ、もう一つくらいわけはないさ」

「口の立つ古狐だな。よく聞けよ。この狂気は仮借なき論理に基づいているのだ」

彼はおれのほうへと腕を上げ、耳元へ口を近づけた。

「人工冬眠ってのを知ってるか?」

おれは呆気に取られた。それは精神医学における数々の治療法の一つだという答えを、やっとのことで捻り出すことができた。

「どうやら人工冬眠についてほとんど何も知らないようだね。始終宝石にかまけているからだ。ましてや宝石なんて、今に誰も買わなくなるのにな。日一日と生まれつつあるこの新しい世界では、贅沢品や装飾品は何の価値もなくなるだろう。で、人工冬眠ってのはこうだ。旅行者は氷の塊に入ったまま、空間ではなく時間の中を移動する。自覚することなしに存在するんだ」

「なんてこった」おれは恐ろしくなって呟いた。「こんなことまでおこなわれてるとは！」

「どうしろって言うんだい」冷笑的な確信を込めてヘンリーが言った。「人には身を守る権利があるし、人は生命を脅かす存在を抑止するものだし、人は厄介事を嫌うもの、問題なく暮らしていきたいと願うものだ。とどのつまり、何できみが事を大げさに捉えるのかわからないね。他と同様これも一つの存在のあり方だ」

「死んだ方がましだね」宝石屋としての軽蔑を込めておれは彼を見つめた。

「きみはまったく誤解しているよ。人々は生きたがっている、腐りゆくことに対する宗教的な恐怖を感じているんだ。違う、蛆虫は彼らのためにこの世にいるわけじゃないさ。わかるだろ、母が息子を守るのと同じ愛情でもって、人々は自分の存在の一部を守ろうとしてるんだよ……」

「なんともご立派な存在擁護論だな。もし人から食卓での喜びを、ベッドでの喜びを、関係性から成る暮らしを、苦しみを、一言で言えば、人間の圧力を取り除いたら、一体何が残るっていうんだ」

神聖な激憤に導かれたおれは、意図せぬうちに問題の核心を突いていた。そう、飢えた狼のように唸りをあげている圧力のことだ。この瞬間おれは、陰謀という悪魔がこの街に棲みついていたこと、あとはただその焦点が合わさりさえすれば、みんなの身に大惨事が降りかかってしまうのだということを理解した。恐怖がおれに、このあと一年先にしか起こらなかったはずの出来事の流れを予見させたのだ。

「理解できないよ、ヘンリー。氷の塊の中に入ってしまったら、人生に何を期待し得るんだ？」

「つまりだな」ヘンリーは言った。「彼らには氷の塊が残るのさ。きみが言うあれやこれやじゃなくって、氷の塊がね。氷塊の中で暮らしているからといって人間らしさが減じてしまうとは不可解だよ。僕個人としては、冷凍というまさにその性質のために、あまり氷の塊には心惹かれないと言っておこう。僕に最大の喜びをもたらす二つのこと、つまり会話とカクテルを楽しめなくなるだろうからね」

尻尾を摑んだぞ、と思った。おれは言った。

「その通りだよ。氷の塊はコミュニケーションを断ち切ってしまう。そんなもの何の役に立つっていうんだ？」

「そりゃあその役に立つのさ、コミュニケーションを断ち切る役にね。それこそがコラ・ラサや、エドムンド・ネニみたいな人たち、それに今この瞬間それぞれの氷塊の中でのんびりと航行している他の多くの人たちが追い求める目的なんだよ」

「見上げた生き方だな」おれは激昂して言った。「その旅人たちは自分たちが死んじゃいないと知っている、でも同時に生きていることを自覚している奴も一人もいないんだ。病気自体よりも性質《たち》の悪い治療法だ。連中はそれを望んで手に入れたってわけだ」

「それどころか、僕は彼らが核心を突いていると思うけどな……。例えばコラを例にとろう。たった今、彼女はもう自分自身に我慢がならないと言っていた。コラ・ラサはコラ・ラサという名の重篤な病気に冒されている。あらゆる治療法を試してみるが無駄だ。症状は日に日に悪化していく。突然彼女は、自分を冷凍すればそのひどい災いを免れられると気付く。だから彼女は氷塊の中に入り、それと感じることも知ることもなく、この憂き世の中で時が授けた日々を享受しながら生きるんだ」

「ヘンリー、きみの口からそんなことを聞くとは恐ろしい。そんなの墓場の哲学だ。墓を前倒ししたのが氷の塊なんだ。コラは自殺でもしたほうがまだましだ。そのほうがずっと人間らしい」

「まあまあ、きみ」そう言っておれの肩をぽんぽんと叩いた。「コラがピストルではなく氷の塊に訴えている事実は、この世の物事がきわめて複雑であることの証だ。動かぬ事実は、コラ・ラサが墓の代用品を選んだってことだ。その決定を尊重しようや。彼女は時代が産んだ子なのだ」

よく響く高笑いとともに、彼はそのご大層なスピーチを終えた。午後六時だった。西日が摩天楼の頂きに絡みついていた。おれはその暮れの光でヘンリーの頭に後光が差しているのを見た。この時代の神聖さとは、死すべき存在を地獄の炎へと急がせることにあるのだとおれは考えた。死すべき人間は誰しも、懸命に破滅し地獄に落ちようとする聖人だった、もっともヘンリーの感じ方に従えば、破滅は救済に等しかったわけだが。結局おれには何もわからなかった。事実とそれに対する我々の理解のあいだには、恐るべき断絶が横たわっていた。光と熱の源である太陽に絶えず包まれながら、ヘンリーとおれは死の沈黙へと逃げ込んだ。その沈黙を破って彼はおれに、ちょっとだけギル博士の施設を訪ねて、今日一日の終わりよければすべてよしってのはどうだい、と言ってきた。

「とても愉快なはずだよ」彼は付け加えた。「きみと出会うことのできない人たちにこちらは出会えるわけだからね。旅行八日目のエドムンド殿をじっくり観察できるよ。船の船長であり、我が偉大なる友ギル博士は、熟練の船乗りだ。あの海……時間の海によく精通している。これまでただ一隻の船、ただ一人の旅行者も失ってはいないんだぜ……」

5

おれが受けた印象をありのまま正確に読者に伝えたい。ギル博士の施設に足を踏み入れるやいなや、そこが時間へと捧げられた場所なのだとはっきり感じられた。ロビーも待合室も見当たらなかった。おれたちは完全に時の大洋へと飛び込んだのだ。二百個もの氷の塊を並べた大洋。そのすべてが使用中だった。ヘンリーはおれにエドムンドを見せてくれた。彼はあの奇妙な船の一番下部の区画に据えられていた。正確には塊の中に入れられ埋め込まれているというわけではなかった、少なくともおれにはそう思えた。ガラス越しに観察した限りでは、青白くなった裸のエドムンドは氷塊の上に座っていた。可能な限り小さな空間に押し込められ、時間の海を快適に航行している（少なくとも、ギル博士はそう請け合っていた）このエドムンドとやらは、人間社会にきっぱりと別れを告げたいがために、完全な大間違いをやらかしてしまったのだろう。そんな風に考えながら、青白く、裸で、押し黙っている怪物じみた姿を見ていると、彼をこの氷点下の不毛な解決策に至らせたのは、倦怠や、魂の挫折や、共存しながらの孤独だったのだということが理解できた。はじめて生と死とが和解し、手に手を取り合っていたのだ。おれが言葉をかけたところで、エドムンドは答えてくれはしないだろう、でも同時に、死体に向かって言葉を放つというのとも違うだろう。エドムンドの姿は死体よりもっと人を不安にさせる謎めいたものだった。

有能な精神科医であり、冷凍技術者としてはなおさら有能なギル博士は、おれが感じていた嫌悪感に指を突っ込み、熟練の手つきでその中を引っ掻き回した。

「おわかりでしょう」博士は言った。「エドムンドは死にも生にも打ち勝つことができたのです」

あまりにしかめっ面のおれを見て、博士は猛烈な嫌悪感を中和しようと試みた。人間を冷凍する過程を長々と説明してくれたのだ。おれは博士に、どんな科学的説明も動かしがたい事実の前には蛇足だ、と言った。博士はおれの受け答えに面食らっていた。彼には彼の嫌悪感があり、おれは我知らずそこへ指を突っ込んでいたのだ。

でもこの場合博士を責めるべきかどうかわからなかった。直面していたのはニワトリが先か卵が先かというお馴染みの問題だったのだ。誰が先で誰が後なのか？　人々の絶望が博士の発明を生み出したのか、博士の発明が人々の絶望を生み出したのか？

当然のように博士はおれが氷塊志願者だと思っていた。彼は型通りの案内を始めた。おれに向かって、あなたは大変冷凍向きでいらっしゃる、と言った。いろんな部位を触診した。ズボンの片足をまくり上げ、指でぐいぐいと押し、膝を屈伸させた。しまいには、三十日旅行からお始めになって結構ですよ、と告げた。科学者特有の子供じみた熱意に満ちていた。ギル博士は悪人ではない、子供なのだった。そう、今はわかる、おれたち人間はひたすら子供じみたことばかりやっているのだ。ギル博士にとってそれは、患者たちが抱く死せる幻想を利用して、凍りついたおもちゃを作り出すことだった。エドムンドは死んではいないとしても、生きてもいなかった。そしてそれはギルという子供のおかげなのだった。だが同時に、エドムンドという子供のおかげで存在しているギル博士とは、一体何だったのだろう?

同じように子供だったおれは、ひとつこいつをお化けで脅かしてやろうと考えた。あなたは公共医療法を犯している、と博士に告げたのだ。

「何も法を犯したりはしておりません。国庫に納税もしています。公共医療に関しては、ここは診療所ではないと申し上げねばなりません。病人にあたる人はいないのです。まして私が旅行者の命を縮めているなんてとんでもない。自己冷凍とは自殺のことではありません。別のやり方で生きることなのです」

「倫理的自殺だぞ」そう言ったおれの言葉は間抜けに響いた。

「自己冷凍しない場合こそ、確かに倫理的自殺と言えるでしょうね」博士は答えた。「願望が通れば倫理は引っ込む。あなたにとっては願望よりも結果のほうが大きく見えるのですね。率直に申し上げて、お気の毒です」

体中の毛穴から我が宝石商魂が残らず溢れ出した。おれはライターを取り出し、炎を自分の手のひらに当てた。肉が焦げ始めた。

「おれは弱火でじわじわ焼かれたほうがまだましだね、ギル博士……」

だが博士はさらなるとどめの一突きを持っていた。穏やかに微笑みながらおれに言った。

「紛れもなくあなたは子供ですね」

じゃあ、自己冷凍しないために自らを焼くことは、自らを焼かないために自己冷凍することよりも子供じみているってのか？　倫理的な子供と非倫理的な子供、とはいえどちらも子供だってことか？　はっきり言っておれは混乱してしまった。あまりに混乱して、ぐちゃぐちゃに壊れてしまい、そこから出てくるころにはばらばらになってしまっていた。少しずつ自分の《破片》を拾い集めながら、道を下ってそこを離れた。

最初に見かけたカフェに入り、アルベルトに電話をかけた。おれは劇的な調子で、その午後の体験を彼に語った。

「一体お前はどんな世界に生きているんだ？」彼は答えた。「誰でも知ってることだろう。クラブ86

だって？　それも誰だって知ってるよ。なあ、おれはいつも新聞を読んでるんだよ。人間ってのはそんなもんさ……。どうしろって言うんだ？　人殺しとか、追剝ぎとか、露出狂とか、死体の盗掘だとかスパイだとかだっているんだぜ……。みんなそういうぞっとするニュースを読んでるけど、だからといって台所に駆け込んでポテトを揚げるのをやめるわけじゃない……お前はもう自分の分を揚げたか？」

十時に妻と落ち合った。映画には行かなかった。代わりに、妻をまっしぐらにベッドに連れて行き、昔みたいに愛してやった。おれたちは二つの氷の塊なんかじゃないと、自分自身に証明しようとしていたのだ。愛の交歓が終わると（あいつはおれの荒々しさに驚いていた）、じっくりと話をした。

「なあ、旅行に行きたいかい？」

「できるもんならね」疑り深くあいつは答えた。

「真面目な話だ。旅行代を出してくれるんだ。行きたいんなら今すぐ電話してよろしくお願いしますと言おう。条件を一つ出されてな」

「条件はたった一つだけだって言うの？」皮肉を込めてそう言った。

「自分を冷凍しないといけないんだよ」

冗談を言っていたんじゃないのに、ユーモアのセンスに欠けるがゆえに、妻は馬鹿にされたと信じ込んだ。そればかりか、女であるがゆえに、寝室のドアを力一杯ばたんと閉めて出て行ってしまった。

おれは廊下であいつを捕まえた。もうあんたの冗談にはうんざりよ、と妻は言った。

「違うんだ、フリア、こんな冗談あるもんか。真面目な話なんだ。ここからはさらに真面目な話だ。気の狂った金持ちどもがいて、人生に飽き飽きしてやがるんだ……いや、待てよ、人生にじゃない、自分自身に飽き飽きしててだな……」

「ガス栓でも開けるがいいわ」あいつは間髪入れずに答えた。

「でもな、フリア、奴らは人生を愛していて、失いたくはないんだ、ただ自分自身にこれ以上我慢がならないってだけなんだ。ある博士が奴らを氷の塊に閉じ込めててな。奴らはそこでずっと生きていると同時に死んでもいるんだ……」

我が妻の想像力は貧困だ。探偵小説にも退屈する奴なのだ。今回は許容量を超えてしまっている。頭に手をあてて驚いているのも無理はない。

「金満の豚ども……頭のてっぺんから足のつま先まで腐ってる。あたしたちみたいに働かなきゃいけなくなってみたらどうなの……。それじゃあ、氷の塊に乗り込んでフランスに行くって言うの？　結構な旅だこと！」

おれは読者諸兄がすでにご存じのことを説明した。妻はまたもや驚いていた。だが妻の答えにもっと驚いたのはおれのほうだった。

「もしほんとに招待してくれるって言うんなら、試してみて損はないわよ。多分その旅行ってのが気に入るかも」

冗談のつもりか？　真剣に言っているのか？　問いただしてみた。

「真剣そのものよ。金持ちが氷に入れるって言うなら、あたしが入ったっていいじゃないの？　代わりにあたしが洗ってる山盛りの洗濯物を自分で洗わなきゃいけないとなったら、あいつら震え上がるでしょうけど」

「自分がとんでもないことを言ってるってわかってるのか？」

「あたしを誰だと思ってるの、もちろんわかってますとも……何だって来いってのよ」

「フリア、よく考えてみろ。どこにも旅なんてしないんだ。冷凍され、眠らされて、仮死状態になり、独りぼっちだ……お前は心身ともに健康な女じゃないか。そういうのは金満の豚どもがやることだよ」

「冷凍されようがされまいが、好きにすればいいわ、どうせ泣きを見るのはあたしたちなのよ……」

死ぬほど眠くなった妻は、みっともない大あくびをして、電気を消した。おれは刺すようなひどい寒気を感じ、すっぽり毛布をかぶった。

6

前述のように地球からの離脱へと向かっていった陰謀の歩みは、一つの街を壊滅させる疫病の歩みにも比すべきものだろう。まずは疫病の最初の症例が、新聞の目立たない箇所に現れる。人々は目を留めるが、五分後にはもうそのニュースを忘れている。膨大な健常者の数が、小さいながらも恐るべきその新聞の《小記事》を、大したことじゃないと思わせるのだ。疫病があっても、街の暮らしは普段通りに過ぎていく。疫病は存在すると同時に存在しない。何日かが過ぎると新聞各紙は五件の新たな症例を報じ、一週間経つと十二件、十日経つと二十件と増えていく。人々は記事に大きな関心を寄せるが、健常者数のほうが圧倒的大多数で優勢を占め続けている。とはいえ人々はそわそわし始め、それでいてその不安はどうもはっきりと形を成さない。それはごく小さな不安であり、そこまで重要ではないものなのだ。災いごとにはつきもののありがちな気まぐれによって、何日も何日も新しい兆候は見出されない。人々は言い合う。《疫病は統制され、兆候が出ても大したことにはならないし、有効な手立てが打たれているんだ、これでぐっすり眠れるな……》。しかしそういう時に限ってある朝起きて急に新聞で知ることになる。《予期せぬ激化、新たな患者百名、死者八十名、二十名が昏睡状態……》。今やもうラッパの音は耳をつんざくばかり。恐怖を感じてもよさそうなものだが、さにあらず、人間とは何と不可思議かつ奇妙な存在だろうか。そのニュースを聞いて感じるのは恐怖ではなく、苛立ちだ。我らが誇る心の平静を突如として乱さなくてはならないことに苛立つのだ。疫病が街に降り注ぎ、ついに人々に襲いかかる。たった今目にしたばかりの忌々しいニュースが、不安に確固たる形を与えたことで、生活が乱されてしまったのだ。

ギル博士の施設を訪ねてから、これから語る出来事が起こるまでに、一カ月が経っていた。そのあいだはとても穏やかな普通の日々で、おれもあの疫病患者たちと同様、身なりのいい紳士のことや、レイモンドとカナスタクラブのこと、氷の塊やガストン・ローゼンフェルドの弾劾演説のことを忘れてしまっていた。

それらすべてはすでに箱にしまわれ、白昼夢の屋根裏部屋に保管されて、夜の夢と混じり合おうとしていたのだ……。何の変哲もない出来事の数々、この道を上りあの道を下っていく人々。エメラルドの売却、ダイヤモンドの査定、需要と供給、電話、走り回り、息を切らす、可愛いフリア、時には雨、暑さは続く、それでもすべては筋が通り、明快にして当然、調和がとれていた……。

そして突然に……。ぜひともこの朝刊記事を（ほらこれだ、けっして会うことのない親愛なる読者よ、あなたがたのために取っておいたのだ）、おれと一緒に読んでみてもらいたい。

競売不成立：《昨日午後、かのローウェンタール兄弟商会が所有する著名なダイヤ、デルフィが公売にかけられた。この有名な宝石が公に売り出された入札価格は十万ドル。競売者側の予想に反し、会場に詰めかけた入札参加者たちは誰一人として、件の宝石を競り落とすために声を発することはなかった。紳士淑女たちの非常な無関心ぶりに、ローウェンタール兄弟は然るべき説明を見い出せないでいる。第一回目の競売は不成立となったものの、デルフィは本日午後五時より、再競売にかけられる予定》

「どうしようもない気違いどもめ！」新聞を投げつけながらおれは叫んだ。「ほんとうにしょうもない！」フリアが台所から出てきて、どうしたのよと聞いてきた。「聞いてくれ、誰もデルフィを買いたがらないんだよ」

おれはふたたび新聞を摑み、記事を読み返した。

「どう思う？　あのデルフィだぞ！　デルフィなら二百万まで値が付く。わけがわからない、まるでやけっぱちみたいじゃないか。人は来れども競りはしない。人は来れども価格は最初の十万ドルのまま。人は来れども誰一人口は開かず。これはこれは！　生きてると同時に死んでやがるんだ。コラ・

ラサとお仲間たちみたいにな……反吐《へど》が出る！」

ただ一言、おれは苛立っていた。また悪徳が繰り返されようとしていたのだ。不吉な意図のもとに、より勢いを増して。煉瓦がまた一つ、たった一個の煉瓦、一個だけの煉瓦が何だっていうのか？　もちろん、大した意味などない、でもこの煉瓦が、おれたちが気づかないうちに、もう一つの煉瓦に、三つ目、四つ目、千の煉瓦にくっついていく……。おれたちの行き着く先は一体どこなのだろう？

セルヒオ・ローゼンフェルドがおれをオフィスに呼びつけた。この老いた冷血漢はひどく興奮していた。生涯ではじめて、トルコ煙草を一本おれに勧めたほどだ。

「当然ながら」彼は言った、「デルフィにこれっぽっちも入札するわけにはいかん、昨日を境にデルフィはお荷物になった。とはいえ、デルフィだけがお荷物になるわけじゃない。今にたっぷりお荷物を抱えることになるぞ。ローウェンタールも私たちもな。この点に関しては私は悲観主義者でな、午後の競売で奇跡が起こるとはまったく思えん。とにかく、どうなるか見てこい。恐らくあの石をくれるかもしれん、もちろん、ガラス片が手に入るってだけだがな」

ローウェンタール兄弟商会の大展示室は人が入りきれないほどだった。おれはヘンリーに出くわした。この上なく朗らかだった。「昨日来て、今日もまた来たんだ」彼は言った。「あの兄弟の顔ときたらなかったよ。死刑を宣告されたみたいでさ、でも僕は言ってただろ、覚えてるかい？　《宝石なんて今に誰も買わなくなる》、《凍った世界では贅沢品は価値がない》ってね。それで、きみはデルフィを競り落とすつもりなのか?」

その時、(兄弟の長兄である)フェリペ・ローウェンタールが客の注意を促した。

「間もなく、デルフィの競売に移ります(前日の午後の競売不成立には一言も触れなかった)。ここにお集まりの皆様に、この宝石の由来を今一度思い出して頂きたく存じます。デルフィは一八五〇年ごろネパールで発見されました。十年後には、ナポレオン三世がこれを手にし皇后に贈っております。帝政崩壊に際し、ウジェニー・ド・モンティジョは宝石の処分を決意しました。パーマストン卿がヴィクトリア女王のためにこれを入手しました。女王はこれを息子のエドワード七世に遺贈し、彼はある日、ラ・ベル・オテロの美しさを讃えてその指に宝石を嵌めました。この豪勢な贈り物がなされてからかなり後に、パリからニースへの旅路にてデルフィはこの高級娼婦の元から盗まれました。その一カ月後、ある晩のロシェ・ド・カンカルでの騒動において、警察がデルフィを取り戻しております。この宝石は二名の高名な婦人、すなわちラ・ロシュフーコー公爵夫人とサフォーク伯爵夫人の所有となったこともございます。以降様々な人々の手から手へと渡り、現在我々の手にするところとなっております。これよりおこなわれる入札において、かくも比類なき宝石を射止めんがため、さらに多くの方々に手を挙げていただけることと存じます」

聴衆はまるで笑い話を聞かされたような反応だった。笑い声、口に詰めたハンカチ、壁のほうを向いた顔。おれはデルフィを見た。それは氷の塊か、何かもっと脆いもののように思えたが、今しがたフェリペ・ローウェンタールが興味をそそる来歴を紹介したとんでもない値段のダイヤにだけは見えなかった。間違いなく、人々が求めているのは《ワルツの夢》やロシェ・ド・カンカルの逸話とは別の何かだった。ああ、何もかも一体どうなってしまったんだ？　皇后ウジェニーやヴィクトリア女王、エドワード七世やラ・ベル・オテロは、無力な影に過ぎなかった。だが、現在ここにいる人々は心に琴線を備えているんだろうか？　彼らの琴線は特別誂えで、氷塊とつららで出来ているのだった。競売人の、鋭く耳障りで悲劇的な声が聞こえた。

「十万ドルからです！　これ以上の方？」

ふたたびデルフィへの辱めが始まった。前日の午後の悪夢が繰り返されていた。だがおれはと言えば大音声で「五十万！」と叫ぶような億万長者じゃない。おれの隣には、イワシ缶詰の帝王ゴリッティがいた。おれは懇願するように彼のほうを見た。競売人がふたたび叫んだ。「どなたか十万ドル以上の方？」フェリペ・ローウェンタールは頭の動きでコロン婦人に口火を切るよう催促したが、グランドピアノみたいな威容を誇るこの老魔女はだんまりをきめこんでいた。おれは神の裁きを思い浮かべた。史上初のダイヤのさらし首だった。今後もはや宝石は氷の破片となり、カットされて人骨や冷凍された肉片に嵌めこまれるのだろう。〈今は別れの時、さらば、二度と会わぬまい、時すでに遅く、我が唇は汝への口づけを得ぬ、氷また氷、歩みまた歩む、生きながら凍りつきし歩みとともに……〉

おれはふたたびフェリペ・ローウェンタールを見た。今やその顔は日ごろの洗練された如才なさとはまるっきり逆の如才顔だった。言うなれば、ローウェンタールは立つ瀬を失いかけていた。これらの紳士淑女たちが競売へとご足労くださった目的は、まさしくデルフィを持ち帰らないためだったのだってことに、彼は説明をつけられないでいた。《あの金持ち連中》のことならよく判っていると思っていたはずが、その彼らがただ出席という行為だけを《わざわざ》やるのが理解できなかったのだ。それに、と彼は考えていた、金持ちどもの愚かさときたら異次元級だ。あの豚野郎は例のクイーン・メリー号の旅には行かないよ、あの猿吉が似たような服を着て来るかもしれないからね……。でも競売となると、そうじゃない！　金持ちが競売に来るのはただ競り落とすためだ。根拠のない慰めに気を取り直しながら、ローウェンタールはあれこれ理屈をつけつつ金持ちについての自説を何度も再確認していたが、とはいえその面持ちはますます攻撃的で脅迫めいたものとなり、まるで出頭を命じているかのようだった。ついに彼はこらえきれずかっとなってしまったが、それだけに留まらず、頭のネジが緩んだジェントルマンの悲しき見世物を披露してしまった。

「競るのか、競らないのか」

首筋に血管を膨れさせ、顔に玉のような汗を流しながら発した言葉の調子があまりに喧嘩腰だったため、選ばれし参加者たちは皆、デルフィに興味なんて持ちようがないじゃないかと、慢性的便秘の患者が便を呼び集める時ならではのあの音を無意識に立て始めた。

ローウェンタールに近寄ろうとしたおれは、分厚い人の壁に阻まれた。こいつらがここにいるのは機械的行動の名残ですよ、と言ってやりたかった。おれには完璧にわかっていた——天才ならずとも十分考え付くことだ——、金持ちたちが来場したのは、廃位した君主が祭礼を執り行い続けるのと同じことなんだって。

ローウェンタール自身もようやく頭のネジがはずれたことを自覚した。まったく！ はずれずになんていられようか？ ローウェンタールには彼自身の歩む道があり、その道を逸れることは混乱を意味していた。彼は一つの秩序のうちに人生を過ごしてきた。上流階級を相手にし、しばしば皇太子らの来訪を受け、あるいはそれこそ《王室御用達》だったりするような大宝石商の秩序だ。ローウェンタールが媚びへつらいもし、ローウェンタールが自分たちの所蔵品を第一級中の第一級とするべく宝石商界で権謀を巡らせもするとすれば、それらすべては疑いもなく、金持ちの顧客の虚栄心や、傲慢な態度、この人種特有の奢侈への競争心、そして何よりも、彼らが死に物狂いで守る途方もない資産と共鳴していた。しかし突如として金持ちたちが一切手を引き、競るつもりもなくデルフィの競売に来たのだとすれば、哀れなローウェンタールは混乱する他に何ができるだろう？

血の滲むような思いで、彼は気持ちを切らすまいとしていた。見当はずれにも、紳士淑女が会場を出て行かないのは、本当はこの宝石に興味があるからに違いないと、無邪気な判断を下していた。ただ単に時間の問題だ、単に彼らの黄金の口が競り始めるのを待つだけだ。彼は入札価格を下げ、客の気をそそることにした。

「五万ドルから開始です。これ以上の方？」

以上とも以下とも言う者はいなかった。皆はもうすでに《別の事》に気を向けていた。ヘンリーの顔には悪魔じみた微笑みが浮かんだが、その顔は彼にとって、債権に基づきこのげんなりする見世物という形で受け取っている慰謝料のようなものだった。富を失ったヘンリーには、他人の富が屑同然になることにこそ意義があった。彼は言った。

「哀れなローウェンタール……希望は捨てちゃいないが、一体何への希望なんだ？　一ドルまで下げてみれば希望など何の足しにもならんとわかるだろう。僕だって希望を失ったんだ、公正ってもんさ……」

耳をつんざくような大声、ローウェンタールの怒りに震えた声がヘンリーの毒舌を遮った。

「百ドルから開始です、これ以上の方？」

出し抜けに、デルフィは地獄へと落ちていった。落ちていったし、もっと悪いことには、天国へ昇る可能性はなかったのだ。衝撃は凄まじかった。あの金持ち連はでっかく目を見開いた。デルフィは彼らにとって露ほども重要ではなかったが、ここまで法外な下落は死体に電流を流すのと同様の効果を与えたのだった。奴らは胸から驚愕の叫びのようなものを飛び出させ、しかしまたすぐさま死体じみた硬直へと戻っていった。その代わりに、その腐った連中のお仲間じゃないおれが、根っからの宝石屋であるおれが、伝説の英雄にも似たこのおれが、闘技場へと飛び出して、ステントルのような大声で叫んだ。

「買った！」

瞬間、ローウェンタールの顔は幸せに溢れた。命の恩人よろしくおれのほうを見た。ついに誰かが、生身の人間が、死の沈黙を破ってくれた！　だが人間とはいっても——上から下までおれを眺めながらローウェンタールは考えていた。みすぼらしい蛆虫、雇われ男、ポケットにしわくちゃの百ドルを入れた五流の人間……。腹がよじれるほど笑い飛ばして、二発ほど引っぱたいてやりたいくらいだ。しかし新しい時代が彼の家にも突然入ってきたのであり、彼はそれを迎え入れなければならなかった。ローウェンタールは調子を合わせ、にこにこ微笑んで、天文学的数字が怒涛のように口また口から流れ出すかと期待して聴衆のほうを向いた。もう雪解けは済んだ、もはやほんの数秒の問題だ。巨大な氷山は今にも裂け始め、愉快な爆音とともにひび割れ始めて、紙幣なす緑の激流に落下していくのだ。

「百ドル！　百より上の方は？」

聴衆は押し黙り、ローウェンタールは大声で叫び、船は傾いていた……。読者よお許しあれ、ここでは決まり文句を使う他ない。《瞬きする間に船は沈めり……》。競売人がお馴染みの三度打ちをやり、デルフィはおれに落札された。宝石商としての五十年間に引きずられて、ローウェンタールはおれを祝福するのが自らの義務だと考えた。おれは頭皮まで真っ赤になり、しどろもどろで二言三言しゃべった。いつのまにかデルフィはおれの手中にあった。

「貴方のものです」ローウェンタールが言った、「貴方に幸運を運んできますように」

家に帰ると妻と口論になった。あんたほどの馬鹿じゃなきゃ百ドルを捨てたりなんかしないわ、と言った。「このガラス玉で何しようっての？　こりゃ傑作、デルフィに五セントだって払ってくれる人なんかいないでしょうよ。百ドルあれば家に食料がわんさか買えるってのに、この能無しはガラス玉に使っちゃうんだ！」

妻はダイヤを取り上げると、トイレのドアを開けた。

「何をするつもりだ」おれは石を奪い取ろうとした。

「見てなさい」おれを突き飛ばしながらあいつは答えた。「お似合いさ、水に流されていくがいいわ、肝臓病みのウンコより臭うわよ」

おれがなんとか目にできたのは、水洗便所に轟く渦に巻き込まれ、街にある何千もの下水管の奥深く消えてゆくデルフィの姿だった。

7

デルフィの競売をめぐる新聞報道は、ちょっとした騒動を引き起こした。新聞争奪戦が起きたわけじゃないが、ともかく普段より多くの部数が売れ、この件が盛んに話題にのぼったのだ。論評のうちのいくつかを集めてみた。どれもが競売結果に対して賛成も反対もしていないことを前もって述べておこう。まず競売に参加した者たちの評から始めたい。いやあるいは、要点だけを表すために、ある風変わりな評一つに絞って紹介し、残りの意見は何日ものあいだ使い回された表現に集約してしまうほうがいいだろう。その表現とはすなわち、やっとデルフィから解放された！　というものだ。

大スキャンダルだとか綺羅星のような著名人だとかはしばしば、天変地異にも似てとどめの破壊的行為にこそ滑稽さを覗かせるものだが、デルフィによって引き起こされた騒動もまたグロテスクな終わりを迎えることになった。

競売の次の日、ヘンリーが会いに来た。おれがデルフィをどうするのか興味津々だったのだ。ずけずけとこう聞いてきた。

「デルフィをどうするつもりだい?」

「どうするつもりだい、じゃない。どうしたんだい、だ」

「何だって? 売りさばくことができたのか?」

「売る?」おれは言った。「五セントにもなりゃしないって知ってるだろう」

「それじゃあ……?」この《それじゃあ》には内なる不安が映し出されていた。

「妻のフリアがトイレに投げ捨てて、すぐにレバーを引いちまったんだよ」

こらえきれない笑いの餌食となったヘンリーは、身をよじり、ヴァイオリンの弓のように体を曲げて涙を流していた。彼は歴史に名を残す数々の《末路》について話し始めた。ローマの地下水道で迎えたカリギュラの末路を引き、気まぐれな皇帝の記憶とデルフィとを結び付けつつ、このまばゆいダイヤを糞まみれの皇帝と評した。それから案の定仲間に言いふらしにいったが、この友人の一人で容赦なさにかけては十人力のオイル漬けカツオの帝王アルカションこそが、先述した風変わりな論評の主だ。彼はビリヤード台に上って叫んだ。

「デルフィは下水に辿り着いた。そこでウンチに溺れ、とこしえの夢に眠るのだ。その生とは一体何であったか。それはウンチに劣るもの、ウンチは肥料になるけれど、デルフィは何の役にも立たぬゆえ。以上」

アルカションの口にのぼったこのデルフィの姿が最後になった。誰も二度と触れることはなく、おれを除いては皆がデルフィを忘れてしまった、おれはといえばこの本の中でその名前を挙げ、世界が元の状態に戻るとすれば、老若男女の手によってふたたびデルフィが日の目を見ることになるだろうと考えているのだ。

だがしかし、もう片方の事態が成し遂げられてしまった後にしか、思慮分別と健全さを備えたこうした未来の手が、いつかデルフィを救い出すこともないだろう、もう片方の事態とはつまり、大きくなっていく歩みとともに今まさに終幕へと、完全なる勝利へと突き進んでいる陰謀のことだ。ゴリッティやアルカション、ネニ、ヘンリー、コラ・ラサ、そして彼らと同類のお仲間たちが地球を離れたがるのは止めようもない、その一人ひとりが、彼らの地獄じみた遊戯の儀式を遂げていくことは避けられない。我々が今いるのは、断じて過去でも未来でもない、そうじゃなくて現在だ、彼ら全員（そう、哀れな元宝石屋のおれも含めて）が暮らす現在、人生そのものが敵であるような現在なのであり、人々に愚弄されたダイヤを求めて、いまだ形を成さないいくつかの手が地の底を闇雲に探し回るような未来の時に変わるまでに、一年しか、たったの一年しかかからなかったような、あまりに急展開を迎えている現在なのだ。

混乱を頭の中にしまっておくことが一切できず、それゆえに実利主義者でもあるアルベルトがおれに言った。

「もうどうしたらいいんだ？　なあ、ミス・ドーベルみたいな人もいなくなった、ローウェンタールやローゼンフェルドみたいな人もいなくなった、デルフィみたいなのも消えた……」

それから間髪入れずこう言い足した。

「何か考え出してくれよ」

考え出す！　それができたらどんなにいいか。陰謀の進行を止める装置を考え出すこと。思わず、おれの手はテレビのボタンへと移り映像を消す。テレビの画面を消し音響機器を止めることはおれの手の中にある。陰謀の進行を止めることはおれの手の中にはない。例外は……。例外は、陰謀家自身の手がおれの手とともに陰謀を止め、頓挫させ、計画倒れにするべく動き始める場合だ。だが無理だ、奴らはこの地獄の機械の停止ボタンを押すために手を伸ばしたりはしない。奴らは生きることに病んでいる、奴らは圧力という名の、幻滅という名の、嫌悪という名の、または——あえてこう言おうか？——**恐怖**という名の奇妙な病気による犠牲者なのだ。だが……怖れることなどあるものか。おれは今すぐ公共広場に駆けていき、秩序を回復し、ひっくり返ったものをまっすぐにし、ガムやカナスタや、収縮や人工冬眠を一掃する。工兵たちに命じ、糞だらけの墓からデルフィを採掘させ、真紅模様のクッションに据えてやるのだ。ひとたび秩序が回復したならば、さあ、生きろ！　どこまでいけるか、いずれにしてもただ、生きるのだ。

神聖なる熱狂に駆られるあまり、おれは外へ飛び出すが、その前に耳障りなフリアの叫び声が聞こえていないわけじゃなかった。〈ねえってば、考えれば考えるほど、氷塊での旅行って素敵だわ……〉。おれは内心呟く。そりゃ素敵なこった、さっさと台所に戻ってろ……。

街に出たおれは中心街の一角を選ぶ。その場所こそは、投資信用銀行のあるうってつけの一角だ。すぐ近くには地下鉄の入口や、新聞スタンドやコーヒーを飲むところがある。人出が多くなくちゃいけない、その角なら山ほど人がいる。街頭でアジってやることに決めたのだ。もうおれはその気で、その《役に入りこんで》いる。往来するこの人々が、みんながみんなエドムンド・ネニやコラ・ラサみたいな人であるはずはない。《国民とは国に生き生きと息づいている存在だ》と書いていたのはどの作家だったか。この言葉が正しいとすれば、おれの計画が失敗するはずはない。国民に訴えて、彼らが迎えている差し迫った危機について知らせてやるのだ。今まさにおれは木箱の上に立ち、民衆に演説を振るい始める。

〈善良なる市民の皆様、どうか数分お耳をお貸しください。我が国はある重大な危機に直面しております。我々の街に他ならぬ死の危険が迫っているのです。人生に嫌気がさした一部の金持ちたちが……。いえ、人生に嫌気がさしたのではなく、自分たちに嫌気がさしているのです、彼ら自身が言っています、人生に嫌気がさしたのではないからこそ、自殺に訴えるのではなく人工冬眠に訴えるのだと。人工冬眠について説明しておりませんでしたがご容赦ください。人工冬眠とは氷の塊の中に入って、そこで十日間、十五日、二十日間、一カ月、三カ月、一年あるいは何年ものあいだ、凍ったまま過ごすことなのです。凍ったまま、見ることも、聞くことも、味わうことも、嗅ぐことも触れることもないのならば、死んでいるのと同じじゃないか、皆様はそう仰ることでしょう。そうです、これらの人々は皆残された人生を早めに墓に入ってやり過ごすことにしたのです。まともな人間がこんな決断などするものでしょうか？　違いますとも、善良なる市民の皆様、私と同じく皆様方も、こんな決断は頭のおかしくなった人たちがするものだとお考えのはずです。こんな風にして、この街ではまさしく人生そのものに対する陰謀がおこなわれているのです。国家に対する陰謀でも、宗教に対する陰謀でも、労働に対する陰謀でもありません。権力を襲撃することによるのではなく人生を襲撃することによる陰謀なのです。善良なる市民の皆様、事態は今やきわめて深刻です。陰謀は刻一刻と警戒を増すべき進展を遂げています。昨日は収縮、今日は人工冬眠ときて、明日は、明日の日には何が我々にもたらされるのでしょうか？　目前に差し迫っている悪魔のような新発明は一体どんなものなのでしょうか？　我々にピストルを渡して、脳天を撃ち抜いて人生を終わらせろとでも言うのでしょうか？　そんな出鱈目を許してはいけません、今すぐに走り出しましょう……〉

胸中《イン・メンテ》で熱弁を唱えながら歩いていくにつれ、次第に銀行の大階段に近づいていったおれは、演説の進行に合わせて一段また一段と登りつめ、ついに最後の段に登ったちょうどその時には、やはり心の中で、《走り出しましょう》という言葉を呟いていたのだった。聖なる熱狂に取りつかれ、今にも朗々と演説をぶち上げようとしていたその時、肩に触れられたのを感じた。おれは振り向いた。アルベルトだった。

「あれ」おれは言った、「ここで何してるんだ?」

今度は奴がおれに尋ねた。

「お前こそ、ここで何してる?」

「おれかい」おれは言った、「おれがここでやってるのは今ここでやろうとしていることっていうか……」

「ああ、そうか、わかった」そう言ってアルベルトは笑った、「もう宝石を売りも買いもできないってんで、銀行を襲うつもりだってのか」

「銀行を襲う意味なんかあるか? 宝石や他の多くのものと同じく、金にはもう何の意味もないって知ってるだろ」

「じゃあお前さ、銀行を襲うつもりじゃないなら、なんのためにへとへとになって何十段も階段を登ってるんだよ」

「今にわかるさ。さあ、おれは歩いて行ってあそこに立ち止まる、いいかい? 階段の真ん中にだ。おれはこう話し始める。《紳士淑女の皆様、紳士淑女の皆様! 少しお待ちを! 少し私の話をお聞きください！　きわめて重要なことなのです。生死にかかわる問題です。皆様一人ひとりの安全が危機に瀕しているのです。お聞きください、紳士淑女の皆様》。それで、ある程度人がここに集まったら、演説を始めるんだ……」

「演説……？　何の演説だ？　これまた急に政治に首を突っ込んだってか？」

「そうさ、アルベルト」おれは答えた。「生の政治、個人の安全の政治にね、人々が皆陰謀を続けていることに、もう一刻も我慢ならない……」

「陰謀……？」アルベルトは身をよじって笑わんばかりだった。「でもよ、馬鹿だなあ、街中どこにも陰謀家なんていないじゃないか。ルーペで探したってだ。ルーペなんてもう使われないけど……」

「きみがそう思うのは構わない、だがこの街では大いに陰謀がおこなわれてるんだ。アルベルト、人生に対する陰謀だよ。陰謀の理由を知ってるかい？　人生に飽きた一部の人間にはもう人生は意味をなさないからだ。いや、アルベルト、人生にじゃない、彼ら自身に飽きているんだ。こんな状態おれには耐えられない、今すぐに生そのものを擁護する運動を始めるんだ」

「いやはや、お前さん、頭がどうかしてるなんてもんじゃないね……。それとも冗談なのか、ちなみに言っとくが、冗談なら悪趣味きわまりないぜ。ともかく……」

「ともかく、じゃない」おれは言った。「アルベルト、たった今から民衆に向けて話すんだから邪魔しないでくれ。話を聞きたくないなら、どうぞ階段を降りていってくれればそれでいい」

「お前だってそのうちに考え直して降りていくことになるぜ……」

「何にも考え直す必要なんてない。おれはもうわかっているんだ」

「わかっている……？　何言ってる！　なあおい、わかってるんだとしたら、狂気への道をまっしぐらに走り出してるってことだぜ」

「走り出す、アルベルト、走り出すだって？　〈そんな出鱈目を許してはいけません、走り出しましょう……〉。走り出すって言ったのか？　走り出すこと以上に、おれや、その同胞であるこの巨大都市の市民が望むものなど何がある？　みんなで陰謀の息の根を止めるんだ……」

アルベルトは狂人を見る目でおれを見た、あるいは躾《しつけ》の悪い子供を見るような目でおれを見たというべきか。そう、それこそおれだ、劇的な状況を前にして鼻をほじる躾《しつけ》の悪い子供だ……。躾の悪い子供だから彼は父親然とした態度を取ったのだ、つまり、尖った歯を隠した微笑みを浮かべ、ピエロのような足取りで用心深くおれに近づいてきて、鉤爪でおれを捕えてから、つまり、右腕でおれを摑み、肩に置いた左腕で動きを封じてから、獰猛な狼の口を開けてこう言ったのだ。

「こうやって話してるこの瞬間に、人々が何をしてるかわかるか？　正確には――」そう言って腕時計を見た。「午前十時四十六分にだ。なあ、わかるか？」

おれはアルベルトを上から下まで眺めた。大笑いしかけるが、笑いは唇の中で引きつってしまった。気が狂ったのではという考えが不意に浮かんだのだ。ここまで芝居じみた言葉にはどんな意図が込められていたのだろう？　時計を見ながら正確な時間を告げたのは何のためなんだ？　今まさに明かそうとしていることはそんなに重大なことなのか？　だが、この気立てのよい、この純真なアルベルトは、暴力や恐怖や不安が日常茶飯事のあの痙攣的世界の住人じゃなかった。奴の打ち明け話は道化役《プルチネッラ》の秘密のようなものに違いないとはっきり確信したおれは、じろじろと見つめながら皮肉な調子でこう言ってやった。

「今この瞬間はね、アルベルト君、人々はまさにきみが言う通り、ポテトを揚げてるのさ……。ポテトを揚げてるんじゃなければセックスしてるか、セックスしてるんじゃなければ働いてるか、働いてなければ眠ってる……。つまりこの瞬間、時計が午前十時五十分を示しているこの瞬間に、人々が何をしているかはもうわかってるんだから、それをきみに教えてもらわなくても結構だ。事態は明白、事実も確認済み、もし他に打ち明けることがなければ、もうきみのお相手は免除頂けるようお願いしたいね、おれは何としても民衆に向けて演説しなくちゃいけないんだ」

その時、首筋にナイフの刃を滑らされたかのように（それほどまでに死の冷気を感じたのだ）、アルベルトが囁く言葉が聞こえてきた。

「人々は隠れ始めてるのさ」

「何だって、アルベルト」おれはどもった、「隠れるだって？　何のことだ？　嘘を吹き込まれたんだろう。ほら、みんなそこらを行き来してるじゃないか。通りにはたくさん人がいる。完全な平穏が支配している」

「おれは人々が隠れ始めていると言ってるんだ」ひどく冷たい調子のままアルベルトは言った。「すべての人が身を隠してしまったなんて言っていない、隠れ始めていると言ったんだ」

「そう断言する根拠は?」

「すべては先日のデルフィの競売から始まった……」

「おい、待った。デルフィの大暴落以外には、競売で変なことは何も起こらなかったぜ」

「いや」アルベルトは言い張った。「すべては競売の時に始まったんだよ」

「でもさ、アルベルト」果たしておれの言葉は、この圧倒的な断言を前にして感じていた怖れを隠しおおせていただろうか。「おれは競売に出ていた、フェリペ・ローウェンタールが競売人を務め、デルフィを競る者は誰一人いなくて、最終的におれが百ドルなんて馬鹿げた金額で手に入れたんだ、人々はただそこに来ただけだったんだよ。劇的と呼べるような出来事なんて最後まで何も起こりはしなかった。つまり、デルフィほどの価値を持つダイヤの暴落という異常事態の他はすべて正常だったんだ、一体競売で何が起こったと言うのかわからないね」

「御高説はいちいちもっともですがね」アルベルトが答えた。「あそこが始まりだったんだ。この際はっきり教えてやろう、あそこにいたのさ、今人々が圧力者と呼んで怖れている存在がね」

あやうく奴に飛びかかるところだった。姿を現しつつあるあの亡霊を帳消しにせんとばかり、ショックによる攻撃行動へと駆り立てられたのだ。当然ながらおれは守勢に回った。

「圧力の何を知っている？　何もわかるはずはない。知らないことは語らないほうがいいんじゃないか」

「教えてほしいな、一体誰が圧力の話をしてるっていうんだ？」宝石および宝石でないあれこれの豊富な売買歴からくる冷静さとともに、アルベルトは答えた。

「よせよ、アルベルト、しらばっくれるな。おれたちいい大人だろう。圧力者について話したなら、それは暗に圧力のことを話しているってことだ」

「きみきみ、見当違いだぜ。それに、おれが圧力について何も知らないと、たった今お前自身が言ったばかりじゃないか。もっと言えば、お前がどんな圧力のことを言っているのかわからん。哲学も医学もおれの得意分野ってわけじゃないしな。見ての通りその方面にゃおれはノータリンだ。てなわけでこうしようじゃないか。もしお前が、おれが持たない知識をあると言い張って圧力について話すことにこだわるなら、ここでおさらばだ。だが、おれが圧力者について知っていることを聞いてくれるんなら、いざ議論しようじゃないか。どうだ？」

「わかったよ、アルベルト」ひどく狼狽しながらおれは言った。

「まず聞こう。お前はゴリッティと知り合いか？」

「いや、知り合いってほどじゃないな。つまり、去年ヘンリーが紹介してはくれたが、せいぜい二言三言交わしたかってくらいだ。ゴリッティに何かあったのか？」

「あったと言うかなかったと言うか。なかったと言うほうがいいだろう。おれの見るところ、ゴリッティはただ誤解してるだけだ。だが最初から話を始めさせてくれ」

「しかしね」おれは少し苛立って言った。「ゴリッティのことから話し始めたのはきみだぜ……」

「じゃあ、ご期待に応えよう。噂じゃゴリッティは自宅に圧力者を潜ませているらしいんだ」

我慢がならなかった。おれはアルベルトを揺さぶり怒鳴った。

「ゴリッティの話はたくさんだ、圧力者が誰なのかを言えよ」

「どっちなんだよ……圧力者の話をすればゴリッティのことを話せと言うし、そうしようと思えば、圧力者のことを話せと迫る。だが、お望み通りにしてやろう。してやるけど、話を遮らないでくれよ、ゴリッティのことは持ち出すな、話の途中でちゃんと触れるから」

「わかった。話してくれ」

「ユダヤ系ロシア人のパヴェルを覚えてるか？　奴は競売にいたんだ」

「もちろん知ってる。でも、あのネズミはローウェンタールのサロンで何してたんだ？　あいつは下町で露店を出してるだけの餓死寸前の奴だぞ」

「露店はともかくも、競売に出席していたのさ。だがそのことは関係ない。昨日たまたま奴に出会ったんだ。さしたる前置きもなく、圧力者の話を聞いたことがあるかとおれに尋ねてきた。なあ、おれもお前がたった今したのと同じ質問をしたんだぜ。パヴェル、圧力者って誰なんだ？ってね。ところで、こんな呼び名は馬鹿げてると思わないか？　ふん、大したことじゃないし、世の中にはもっと変なことがあるがね。で、パヴェルだが、おれの質問に対しては単刀直入に、圧力者については奴もおれと同じくらいしか知らないと言ってきた、でも話す時間をくれれば、件の者についてわずかばかりの知識を語ろうって言うんだ。そんなわけで奴がおれに打ち明けたところでは、競売の場で――正確に言えば、お前がデルフィを落札しようとしていた瞬間に、と奴は言ってたが――、六十絡みの男が女性にこう言ったのが聞こえたそうだ、《競売が失敗となれば、それはここに、我々の中に、圧力者が一人いるからだ……》。さらにパヴェルは、《圧力者》という言葉を聞いた女性は脅えた仕草をして、一緒にいた男性の腕を摑み（パヴェルによればどうやら夫だろう）、会場を出て行ったと言っていた」

「それだけなのか、アルベルト？　お仲間のパヴェル君はなんてことない発言を大げさに捉えたんだと思うけどな」

「話を遮らない約束だぞ。この事件（と呼ぼう）がただかの男の単純な発言に限られていたのなら、お前と同じようにすべては火のないところに立った煙なのだろうと考えるところだ。だがここには燠《おき》も、炎さえも揃っている。パヴェルに話を戻そう。圧力者と聞いて好奇心をそそられた奴は、六十男の言ったことを自分も誰かに言ってやるという妙案を思いついた。オペラグラスで競売を見物していた老女に近づき、唐突に言ったんだ、《奥様、競売が失敗となれば、それはここに、我々の中に、圧力者が一人いるからですね……》。パヴェルにとって実に意外だったのは、老女が眉一つ動かさずに、蔑みの目で奴を見たことだ。考えてみてくれ――これはパヴェルの台詞だ――、俺はあっけに取られたよ、だが踵を返して余所へ向かおうとするや、婆さんは席から立ち上がりながら、俺にロビーに来いという身振りをしてみせた。そこに行ってみると婆さんは言った――競売場に圧力者がいるとどうしてわかるの？――答えはもうご存じの通りだ。――妙だこと――婆さんは言った、――その圧力者とやらの話をしてきたのはあんたが二人目なのよ。まだ十分前にもならないけど、お友達のゴリッティが寄ってきて、そんな不快な人がいるって教えてくれたのさ。もしかしてゴリッティとお知り合い？――違う、会ったことはないと俺は答えた。すると、もしよければ、圧力者の存在を知らせたのが誰なのか教えてくれと頼まれたんだ。俺は六十男から聞いたことを話したし、探偵役に熱が入り過ぎて、婆さんをもう一度会場まで連れて行ってその爺さんを見せてやった。《おや！――婆さんは叫んだ――あれはジェラールだ、何て言うのかね、事情通さ》。そのあと、ふたたびゴリッティに話を戻して言った。《ゴリッティはちょっとおしゃべりだけど、でも今話しているこの件については、いいかげんなことを言うとは思えないね。あたしのほうは、こんな話を闇雲に真に受けてやしないけど、用心に越したことはない。圧力でもうたくさんなのに、その道のプロに違いない圧力者なんて。今すぐ帰るとしよう……》。その言葉通り婆さんはまたロビーへと出て行き、俺を後に従えたままそこに着くとこう言った。《あんたは自分が何をしているか知ってるだろう、でもあたしも自分が何をしているのかわかってるさ。もしここに残ってデルフィの運命を見届けたいのなら、そうなさいな。あたしはとっとと退散するよ》。そして神経を尖らせたままドアに辿り着き車に乗り込んだんだ」

長い説明に息を切らしたアルベルトは、それからしばらく口をつぐんだままだった。同じように息が詰まりそうに感じていたおれも、沈黙を破ることができなかった。いくつもの世界が頭の周りを回っていた……。そうして、まさにおれの目の前で、陰謀の糸の一つが結び合わされたのだが、この糸をもたらすのは一体どれほどに贖いがたい悪なのだろうか。あるいは、今聞いたパヴェルやら老女やら六十男やらの話は、アルベルトの作り話じゃないだろうか？　だが万々が一にもあり得ない、おれと同様、アルベルトに欠けているものと言えば想像力なのだ。もし奴が単純でアホらしいラジオの脚本でも書いてくれよと言われたならば、これはとんでもないことだ、無理難題だと賢明にも考えて、戦慄に身をよじることだろう。そう、アルベルトは作家として、三文作家としてですら、ほんの毛ほどの才も、何の片鱗も持ち合わせていなかった。奴の想像力では、せいぜい宝石を使って実際の価値以上のものを得る戦略を考え出すのが限界だった。奴がパヴェルと話をしたことも、パヴェルがその話を語って聞かせたことも、皆本当だったのだ。しかしながら、パヴェルのほうは話が別だ。おれはパヴェルを表面的にしか知らないが、とんでもない虚言癖だってことも大いにあり得る。その可能性をアルベルトに聞いてみようとしたが、ちょうどその時奴は長い長い沈黙を破り、夢から醒めたようにおれに尋ねた。

「この話を聞いてお前はどう思う?」

「おそらくありそうなのは」おれは冷たく答えた。「全部出まかせじゃないかってことだね」

「誓って言うがパヴェルが……」

「パヴェルがその出まかせをきみに話したんだろう、疑っちゃいないさ。話をでっちあげるなんてきみにはできやしない。おれが疑っているのは、本当にパヴェルがその六十男の言葉を聞き、そのあと婆さんと話し合ったのかどうかだ。率直に言っておれはパヴェルの出まかせにきわめて懐疑的だし、もしきみが……」

「もしおれが反論の余地なき説明をしなければ」彼は話を遮った。「これ以上おれの話を聞くつもりはない。そう言おうとしたんだろ?」

「その通りだ、アルベルト」おれは答えた。「納得のいく説明をしてくれ。その縁起でもない圧力者のことをきみはおれほど重要視していないかもしれないが、どうか良心に従って、絶対的に正直かつ絶対的に公正でいてくれなきゃ」

「期待に沿うよう全部正直に話そう。おれは馬鹿だが、お前の言った通り、パヴェルの語ったことすべてが出まかせなんじゃないかと疑ってみないほどじゃない。そうだろ? よろしい。さて、よく聞いてくれ。お前もおれも同じように、パヴェルの話をいわば《よくできた嘘》だと考えたわけだが、話が終わった時おれは奴に言った。《なあ、パヴェル、きみの話はセンセーショナルだし、ゴシップ誌《イエロー・プレス》の記者は喜ぶだろうが、おれは個人的に信じられないな。おれも競売に来ていたし、目を開き、聞き耳を立てていても、きみの話してくれた圧力者とやらをちらと見も聞きもしなかったし、誰かが近寄ってきて競売会場にそいつがいると教えてくれもしなかった。だからさ、パヴェル君、今すぐきみの話が本当かどうか言ってくれ。もし冗談のつもりだったなら、引っ込めるのは今だよ、そしたらおれも手を引こう。おれも暇じゃないんだ、だから本当のことを言わなけりゃここで失敬するよ》

ご想像の場面に反して、パヴェルは動揺を見せなかった。おれの目をじっと見つめて、何秒ものあいだサスペンスを演じたあと、おれにこう聞いた。――《あんたジェラールと知り合いになるのは嫌かい?》《ジェラール?――おれは言った――そのジェラールって誰だ?》――《ジェラールはジェラールさ、その六十男だよ……》ここまではいいか? ここからは奴が語ったフラッシュバックだ。まあ聞けよ、俺はサロンに戻ったんだ。柱に寄りかかった途端に、当のジェラール本人に話しかけようと腹が決まった。あれほど話題になった競売事件そっちのけで、圧力者がそこにいたかどうかを調べようとするなんて、とんでもない糞ったれだってあんたは言うだろうな。でもこの俺、パヴェル・ルソヴィッチは世間の鼻つまみ者で、鼻つまみ者として競売に来ていたんだってことを忘れないでくれ。いいな? さて、いったんジェラールを問い詰めてやろうと心に決めたら、俺は迷わずそいつのそばに行って、肩を叩きロビーについて来てくれと合図した。いきなり人をふん捕まえるわけにはいかんからな。あの男は子羊みたいに俺について来たよ。俺は単刀直入に圧力者の話をした。だがどうやって切り出したと思う？　その存在に気付いてるぞってふりをしたのさ。ジェラールはびくっとして、腕を摑んで俺をロビーの反対側にある小部屋のほうへと連れて行った。そこであの男は言ったんだ、《この件の最悪な点は、あなたも私もその圧力者になり得るということですよ》ってな。まあ考えてもみてくれよ、俺は啞然としちまったね……」

「角のバーに行かないか」おれはそう言ってアルベルトの話を中断させ、押すようにして階段を降りていかせた。「きみの長広舌は終わる気配がないよ、もう三十分も前からここで立ちっぱなしだし、正直言って、ここまで堂々巡りだぜ。話の本質が、つまり決定的な証拠がって意味だが、何も出てこないじゃないか」

バーへと向かうわずかな道すがら、アルベルトは口を開かなかった。席に着いてウイスキーが二杯運ばれてきてから、奴は言った。

「ときどきお前は五歳児のハナタレ小僧みたいに不躾な態度を取るよな。お前が我慢不足を絵に描いたような人間だってんなら、おれのほうにも我慢の限界があることを忘れないでもらいたい。もう一度話を遮ったらおれは失敬する。いいな？　ったく、おれまで啞然としちまったぜ。パヴェルの話を続けよう。《ええと、ジェラールさん、あなたも私もその圧力者とやらになり得るという点には同意しますが、ゴリッティとかいう方も同じようにそうなり得ますよね。彼をご存じですか？》《とても親しい間柄です――奴は答えた――。親しいからこそ、ゴリッティ本人がここに圧力者がいると私に教えてくれたのですよ。あなたはどうやって気づいたのか教えてください。ゴリッティ自身が言ったのですか？》《いえ――俺は言った――、その方とお知り合いになる栄誉に浴してはおりません。私が気づいたのは、ジェラールさん、あなた自身を通してですよ。あなたがあるご夫人に秘密を打ち明けた時、私はそばにいたのです。私には性懲りもない冗談好きの一面があるものですから、競売にいらした多くの中から一人ご婦人を選び、彼女に近づいて、唐突に、あなたがついさっきご夫人に言った言葉を一句違わず繰り返したのです。するとそのご婦人はじろじろと私を見て言いました。《妙だこと！　その圧力者とやらの話をしてきたのはあんたが二人目なのよ。まだ十分前にもならないけど、お友達のゴリッティが寄ってきて、そんな不快な人がいるって教えてくれたのさ》それから彼女は、誰が私に圧力者が競売に来ていると知らせたのか教えてくれと頼んできました。そこで私はあなたがいた方向に手を向け、あの方ですよ、と言いました。すると彼女は、《おや！　あれはジェラールだ、何て言うのかね、事情通さ》と叫んだのです。ここで俺は、もうあいつの口に湧き出ていた言葉の洪水を言わせもせずに、こう尋ねた。《それがあなたのお名前なのでしょう？》《ええ――奴は答えた――、私の名前はジェラール、ジェラール・デュボワです、生まれはフランスですがこの街に住んでおり、職業は画家、画家の中でも、社交界のご婦人専門の画家ですがね》奴は高笑いをあげた。《できることをなすべし、というわけですな》――そう言って、すぐ俺にも名前を聞いてきた。名前はパヴェル、姓はルソヴィッチだと答えたよ。自己紹介も一通り終えてしまったし、肝心の話は、なんていうか、行き詰まっちまったから、俺はあいつに圧力をかけた……》」

この不吉な言葉を聞いてあやうくウイスキーをこぼしかけた。どもりながらおれはアルベルトに尋ねた。

「何だって……奴は《俺は圧力をかけた》と言ったのか？」

「お聞きの通りさ。《俺は圧力をかけた》。俺は単刀直入に、今すぐゴリッティを紹介してくれとあいつに迫ったんだ」

「行きましょう」あいつは答えた。「全然構いませんとも。おそらく——そう付け加えた——、ゴリッティがこれ以上の情報をくれるとは思いませんが、少なくとも情報源についてのあなたの疑問は晴れるでしょう」

「数秒後には俺たちはゴリッティと会話していた。圧力者がその競売に来ている、あるいは来ているらしいとジェラールに打ち明けたことは認めたが、さらなる情報を与えてくれはしなかった。ゴリッティさん、一体どうやってそんな情報を入手されたのです？　俺はしつこくそう聞いたが、それに対してはただ曖昧に、とにかくいろんな知り合いがいましてね、と答えるばかりだった。競売場にいる人たちのうち、誰が圧力者なのか教えては頂けませんか、というもう一つの質問には、脅えたような仕草をして、慌ただしく握手を求めるなり会話を打ち切っちまったよ」

「やっぱり堂々巡りだよ」おれは言った。「なあ、アルベルト、パヴェルがゴリッティに会って話したのは認める、ジェラール・デュボワが実在の人物だってことも、それからパヴェルがジェラールの打ち明け話を聞いたことも、そのあとゴリッティに紹介されたことも認めるし、それに、パヴェルがゴリッティの友人であるご婦人と会話したことも嘘じゃないと認めよう。だけどさ、これらが決定的証拠になると思うかい？　ジェラールやパヴェルやご婦人をどけてしまえば、残るのはゴリッティだ。さてそのゴリッティは、きみ自身が今しがた言った通り、ローウェンタール兄弟の競売会場に圧力者がいたのが正真正銘事実だと言うことを立証していやしない。したがって、この件についてのおれの見方はこうだ。ゴリッティは冗談好きなのか、あるいは慢性虚言癖なんだ。狂人と言ってもいいかもしれない。彼の態度は、この三つのうちのどれかじゃなきゃ説明がつかないよ。それに、競売時に《圧力者》と呼ばれる男がいたなんて推測は愚の骨頂だ。なぜなら本当にその圧力者がローウェンタール兄弟の競売場にいたとすれば、圧力者としての力が発揮されて、何らかの形でその存在が明るみに出てたはずだ。そんな大法螺おれは信じないぞ」

「ちょっと待ってくれ」今度はアルベルトがおれの話を遮った。「今からする質問に答えてくれないか？」

「喜んで」おれは言った。「だけど今質問しても、千個質問しようとも、おれに意見を取り下げさせることはできないよ。質問は何だ」

「じゃあ、すべてが大法螺だとしたら、人々が隠れ始めたのはどうしてだ？」

8

地面の下、地下鉄に乗り、ゴリッティの家へと向かっているあいだに（パヴェルが電話をかけてくれ、その晩十時に訪問させてくれることになったのだった）、おれは対立しあう思考を整理することに没頭していた。思考に迷い込まないためには区分けしてみなければならなかった。一方の側には付随的なもの、すなわち、パヴェル、ジェラール、ゴリッティ、例の婦人とさらには当のアルベルトを置いてみよう。するともう一方の側には本質的なもの、つまりは圧力者が残るだろう。圧力者に関しては、はっきりさせておくためにも、作り話だったのだと結論付ける必要があった。競売会場にいたんじゃないかという判断は、完全に子供や未開人の知能へと落ちてしまうことを意味していた。圧力者とやらは《お化け》や《雷さま》と同じく実在しない。そしてそれらと同様、その役割は恐怖を抱かせることなんだ。そうなると、圧力者——物理的には感知され得ず、精神的に感知される——とやらは、すでに長い鎖となって陰謀へと合流していった一連の異常事態の、新たな環を成していたのだ。注目すべきは、目の前にあるこの新たな異変、つまり、圧力者という最新の異変が、いかに子供じみた怖れや原始的恐怖の領域に嵌まり込んだかってことだ。この新たな異変は、子供じみているばかりか不吉なものでもあった。ある意味では、《お化け》や《雷さま》は戒めに叱りつけるための《道具》だ。確かに恐怖をもたらしはするが、健康的な恐怖だと言っていい。一方の圧力者は、不吉な人物として現れ、大人たちに子供のごとく身を隠すことを強制する、しかもいざって時愛情を注いでくれる親たちから隠れるんじゃなく、自分たち自身から、自分たちが産み出した怪物的存在から身を隠すんだ。もしアルベルトがおれに語ったことすべてが、パヴェルの間抜けな法螺話でないとしたら（実際に法螺なんじゃないかという一縷の期待をおれは抱いていた）、我が街の人間たちは極限状況に達してしまい、それが末期症状としてゴリッティという人物のうちに現れたのだと認めざるを得なかった。あたかもすべての人間の思考がゴリッティの脳に凝縮し、それに反応した結果、彼があの不吉な、我々の社会における終末の呪い《メネ・テケル》である《ここに圧力者がいるぞ》という言葉を口にしたかのようだった。圧力者がいるってのは——おれに言わせれば——人々にデルフィを競り落とさせず、恐怖に陥れ、ついには皆を無理矢理隠れさせるためなのだ。

　もちろんおれは、かくも無情な分析をおこなう一方で、葛藤状態に置かれた人間が現実を覆い隠そうと試みる急場しのぎの説明も考えていた。例えば、パヴェルが言ったことがすべて事実だとしても、競売の会場を去った人たちはほんのわずかしかいないということもまた事実じゃないか。それに、(失敗に終わった)デルフィの競り合いのあと最初の二、三日は、上流階級も一般市民も、人はただ競売についてあれこれ言ったり、かの有名な宝石の滑稽な末路を多少なりとも笑い話にしていたりするだけだった。他ならぬヘンリー、あの情報通で、最新の噂に通じ、ゴリッティや(競売に来ていた)コロン婦人や、コラ・ラサやレイモンド、そして多分ジェラールとやらとも親しいヘンリーでさえも、圧力者の《存在》についてまったく何も知らない様子だった。競売の翌日、ヘンリーがおれを訪ねてきたのは、ただ単にデルフィの命運やいかにと聞くためだったことを思い出して頂きたい。しかし……いや、そんなはずはない、おれは誤った考え方をしているぞ。さっき、まだ一時間も経っていないが、ヘンリーがおれに電話してきたのは、どうしようもなく脅えていたからじゃないのか。今こうやってヘンリーのことを考えていると、彼が電話してきたのを、後生だから一刻も早くうちに来てくれ、非常にデリケートな件についてきみに話をする(そして相談する)必要があるんだ、と言っていたのを思い出したのだ。期待に応えてやれない状況だったので(今はゴリッティのところへ向かっているから無理だ)、おれは明日なら会いに行けると伝える。するとヘンリーは、哀れっぽい声を出して、生きるか死ぬかの瀬戸際なんだ、何があろうとも家からは出たくないし、僕を落ち着かせることができるのはきみだけなんだよと言う。寝込んでいるのかと聞くと、体は健やかなれど、心は病めおり、と言う。文字通りそう言った、おれにとっては大袈裟なバロック様式かあるいは退廃的なビザンティン様式とさえ思える言葉だ……。ヘンリーと交わした短い会話の中におれが感じ取っていた(今になってそう整理できるわけだが)ことは、ヘンリーの舌から怪物じみた花のように言葉が芽吹いてきているということだった。彼はこんな風に言っていた——ここで思い出してみよう——。〈厚顔の蛸の触手が、生気を増して、植物人間の緑色の血を吸いてあり……〉。とびきり明敏な解釈学者よ、とびきり熟達した解読者よ、この怪物じみた言葉に意味を見出してみるがいい。

ゴリッティは寝室でおれたちを迎えてくれた。おれたちがゴリッティの邸宅に着くと(アルベルトとおれは地下鉄の駅で待ち合わせていた)、誰あろう当のジェラールが迎えに来た。《ジェラール・デュボワです、お客様、何なりとお申し付けを——そう言って彼は自ら自己紹介をした——。あなたがたがゴリッティが待っているご友人に違いありませんね》おれたちは握手を交わし、互いに自己紹介をしたが、階段を登って行くあいだにジェラールは、面会のあいだゴリッティの姿は見えないようにします、それがあなたがたを迎え入るにあたっての唯一の条件であり、受け入れてくだされば今すぐにお通しして《会って》頂けます、と言った。おれたちはジェラールに、それは厳し過ぎる条件です、本当にゴリッティ本人と面会したのかどうかまったく確認できないのですから、と文句をつけた。ジェラールは、ご批判ごもっともですと言いつつも、他に選択肢はないのです、と付け加えた。

家の三階に着くと、ジェラールは扉を押し開けて、寝室に続く小部屋におれたちを連れて行った。

ゴリッティに知らせてきます、と告げた。彼がボタンを押すと、小扉のようなものが開いた。イワシの、あるいはマリネにした魚のつんとくる臭いが鼻を突いた。アルベルトとおれは顔を見合わせて心中思った、なるほど、ゴリッティは顔を隠してイワシ隠さずってわけだな……。臭いがきつ過ぎるそのイワシだかマリネだか何だかは、何かの苦行かさもなくば腐敗しかけの物体を連想させた。

ジェラールはすぐさま振り向き、おれたちを通した。広々とした部屋に、家具と言えばゴリッティらしき人物が休んでいるベッドだけだった。そのベッドというのが巨大で、四つの支柱と天蓋があり、どぎつい黄色のカーテンの分厚い生地によって完全に覆われているのだった。おれの印象ではサーカスのテントか、でかい鳥を入れる鳥籠に蚊帳がかけられているように思えた。

ベッドのカーテンの隙間からあの手が出てきたのが最初だったか、あるいはおれたちを紹介するジェラールの声が問題の手より先だったか、はっきりと思い出せはしない。すべては、言うなれば、あまりに幻覚じみていたから、眩惑の只中にあったおれは一時的に聴覚を失っていたに違いない。ジェラールはおれたちをベッドの真向かいほぼ一メートルのところに立たせた。だからゴリッティと思しき人物の手が寝台のカーテンから出てきた時など、おれたちの体に触れんばかりだった。不愉快な沈黙があった。おれたちはじりじりしながらジェラールを見つめ、ジェラールは微笑み、すべては指人形劇の一場面みたいだった。ついに、あの金襴の洞窟の中から、弱々しい声が聞こえてきた。

「パヴェルの友は我が友なり」

この（ヘンリーの言葉みたいにバロック的でビザンティン的な）挨拶を聞いた瞬間、ジェラールがしてくれた紹介の言葉が甦ってきた。《パヴェルのご友人がお越しだよ》

するとジェラールが椅子を二脚持ってきて、会話が始まった。

「本題に入る前に」ゴリッティが言った、「一つ説明させてください。私たち皆が深く気にかけておるあれを名指さなくてはならぬ場合、私はアツという言葉を使用することにします。といっても客人がた、もし私が感じるどうしようもない恐怖をお感じにならないのならば、あなたがたまで例のものをあの名前全体を使って明言してはならぬと言っているのではありませんよ。では本題に入りましょう。何をお知りになりたいのですかな？」

おれは核心へ飛び込んだ。

「ゴリッティさん、あなたがローウェンタールの競売場で、本当に間違いなく圧力者をご覧になったのかを知りたいのですが」

おれが質問するや、シーツや布団や枕が天変地異さながらに乱れ飛んだ。続いて手負いの獣のような瀕死の喘ぎが聞こえた。ジェラールがゴリッティに、具合が悪くなったかと尋ねた。

「もう大丈夫」彼は言った。「いきなりだっただけだ。いや、ジェラール、心配無用。客人のご質問に答えよう。そうですな、あそこにあのアツがいたと神かけて誓いましょう」

「つまり」おれは言いかえした、「姿をご覧になったと」

「姿は見ておりませんが、私たちの中にいたとわかりました。ジェラール、走ってきみにそのことを知らせたよな？」

「そうだね、ゴリッティ。私のところに来て、会場に圧力者というのがいるぞ、と言ったね」

「ゴリッティさん、微妙なニュアンスをお伺いしますが」おれは少し興奮して言った。「《圧力者というの》と《あの圧力者》には何か違いがあるのか、どうぞ教えてください」

「もう少し説明して頂けますか？　正直、ご質問がよくわかりません」

「いいですとも」おれは言った。「《圧力者というの》と言えば、これは誰か見知らぬ人に言及しています。他方、《あの圧力者》と言えば、この場合は誰か知っている特定の人を指しています。《あの圧力者》と言うということはすなわち、それの存在やそれがおこなってきた悪行を前もって知っているのだと考えられます」

「なるほど、なるほど」ゴリッティは言った。「よくわかりました。私はいつもそれを《あの》と言う風に呼んでいます。ジェラール、言葉を誤ったのはきみだぞ。それにね、あなた、私が《あの》と言うのは（あなたのご説明通り）もうずっと前からそれを知っているからですよ」

「それでは」おれは言った、「最初の質問に戻りましょう。質問攻めでお疲れになったらご容赦頂きたいのですが、この件は私にとってきわめて重大な関心事なのです。あなたは圧力者を見たことがない、しかしローウェンタールの競売会場にいたことは確かだとはっきり仰った。ゴリッティさん、そこでご質問です。どうして確かと言えるのですか？　その圧力者は音で圧力を感じさせるのでしょうか、それとも空気の流れで明らかになるのでしょうか、あるいは声を出すとか、または神秘主義的な言い方になりますが、出席者のうちの誰かに《受肉》したのでしょうか？」

「わかりません、わかりません」ゴリッティはめそめそ泣いた。「そんなことをわかれというのは無茶です。それを目にすることはできませんが、それでもそこにいるとわかるのですよ、ご理解頂けませんか？」

「《そこ》ってどこです、ゴリッティさん？　圧力者がサロンのどの場所にいたのか教えて頂けますか？」

「特定はできません」ゴリッティは泣きわめいた。「特定はできませんよ。あれがホールのあらゆる場所に同時にいたということはわかる、競売に出席した一人ひとりの中にもいたとさえ言っておきましょう。私自身も含めてね。だからこそあなた方の顔を見ることを拒否したのです。どんな人だってそれを持っているかもしれず、さらにはそれそのものになり得るのです。おわかりですか？」

　ベッドのカーテンを思いっきり開けて、ゴリッティにたっぷり平手打ちをかましてやりたくてたまらなかった。その部屋で展開しつつある光景はとんでもなくむかむかするものだった。でんとそこに据え付けられた、漂流船のようなあのベッド、吊るされたカーテンでできた葬式じみた帆、それらの後ろに隠れたゴリッティ――現代版ラザロ、《起きて歩け》という主の誘いかけを拒絶するラザロ――、あのイワシか腐りかけのマリネの堪えがたい臭い、それらすべてがおれに神聖なる怒りを掻き立てた。おれが激しい口調でこう言ったのはその時だった。

「いいえ、ゴリッティさん、どんな人だってそれであるとかそれになり得るとかってはずはありません。私も私の友人も至って普通の人間です。それが我々の中にいるとか、ましてや我々がそれであるなんてことは到底受け入れられません。おわかりですか?」

「時が経てばそうなります」ゴリッティは反駁した。「今のあなたがたはそれではありませんが、明日か明後日にはそうなるでしょう……もう人々は隠れ始めておるのです……」

「ジェラールは？　ねえゴリッティさん、ジェラールはどうなんです？　カーテンから頭をお出しになって頂ければ、あなたのお話では皆が内に秘めているそれを、あなたほどには怖がっていないらしいジェラールの姿をご覧になれますがね」

　アルベルトがおれの肩を摑んだ。立ち上がって不安げに小部屋の入口のほうを見ていた。おれたちが気づかないうちに、突然ジェラールが、言うなれば消え失せてしまっていたのだ。白状すればその瞬間おれは恐怖で一杯になった。すぐさま頭の中に、実はジェラールはおれたちと一緒にいなかったんじゃないかという疑念が巡った。いつ消え失せてしまったというのか？　だが消え失せたということは、その前には面会に立ち会っていたということだった。こめかみがどくどくと脈打っていた。心を落ち着かせようとした。何よりも、数秒後にはゴリッティがこの場の主導権を握るだろうってことが腹立たしかった。どうにかしなければならなかった。おれは小声でアルベルトに、ジェラールを探しに行けと言った。すでに毛布の中でもぞもぞ動き始めていたゴリッティが叫んだ。

「ジェラール、ジェラール！」

「ちょっと出て行きましたよ、ゴリッティさん」

「ジェラール、ジェラール！」ふたたび彼は叫んだ。

「落ち着いてください、ゴリッティさん。友人が探しに行きましたから」

「無駄です」むせび泣きながらゴリッティが言った。「無駄ですとも。ジェラールは身を隠すことにしたのです。そうしろと言っておりましたが、あの哀れな奴はぎりぎりまで我慢しようとしたのです。いつもモデルを使って絵を描くのですがもうそれもできない。そう、疑いもなく、あの可哀想なジェラールはこれでお終いです」

「そういうことでしたら」おれは言葉を強めながら言った、「あなたはあなたで、ジェラールはジェラールで圧力者やらとご勝手にどうぞ。探してたものが見つかったってわけでしょう。いいですとも、ゴリッティさん、あなたが財を成したイワシの、あの耐えがたい臭いとともに、そこにいらっしゃればいい……」

「イワシか」ゴリッティは沈痛な叫びをあげた。「傷んだイワシを小樽一個ぶん風呂桶に入れておいたのですよ、悪臭がそれを追い払ってくれるかと思ってね。だが無駄でしたな。イワシもまたそれになってしまったというわけです」

「それならゴリッティさん、どうぞたっぷり召し上がれ。お互いに貪り合えばいい。私は新鮮な空気を吸いに失敬します」

他にもゴリッティに聞けたのかもしれない。例えば、人工冬眠のほうが雲隠れすることよりもいいと思うかどうか質問もできただろう。だが、狂人との面会を続けたところで何の意味があるだろう？人間の低級さの最下段まで降りて行った、この超がつく億万長者のゴリッティに与えるべき呼び名は他になかった。彼ならおそらく、人工冬眠などでは至るところに存在する圧力者を避けられますまい、と答えていたことだろう。しかし、かつて人工冬眠――あの埋葬待合所――を選んでいたあの人たちが皆、今になって節操なく雲隠れに乗り換えているのは不合理じゃないか？　前者では肉体そのものが凍るのと同じく恐怖も冷凍されてしまうが、後者では恐怖が意識を蝕み続ける。ならば、なぜ雲隠れへと向かうのか？　だが、そもそも人々は不合理なままに生きていたのだ。過去にはガムやカナスタ、収縮、冬眠……今は雲隠れ、そしてこれからは……。何度だって言うが、これはもはや強迫観念になってしまっていた。出鱈目《でたらめ》に理屈を与えようなんておれもとんだ間抜けだ。おれがこうしてカナスタについてああだこうだ言っているあいだに、陰謀は憂慮すべき進展を続けている。その首根っこを摑みひねってやりたいが、しかし、陰謀に首なんてあるんだろうか？　頭は、目は、腕や脚は？　残念ながらない。あらゆる陰謀は実体のない、捉えがたいもの、はっきりとした形をとったかと思うやいなや、次々に別の形をとる……。ましてやこの今の陰謀は、焼夷弾もライフル銃も、機関銃も、手榴弾も決起声明も隠し持っているわけではなく、捕まえることは到底不可能だ。その代わりにこの陰謀は——《終末の陰謀》という言語道断な名で呼ばれていることを思い出して頂こう——、作り上げた者たち自身によって暴かれ、自らの灰から生まれ変わる。いや、暴かれるんじゃない、覆い隠されるのだ、猫が自分のフンを土で覆うように。

よく眠れず悪夢を見た。昼の十二時にベッドから起きた。フリアが笑い死にしそうになりながら、おれが前夜ベッドの中で跳ねまわり、二度か三度、「それは、それは……！」と叫んでいたと話してくれた。

「何だって《それは》なんて言ってたの？　せめて叫んだのが《それは一大事だ》とか《そりゃ困ったな》とかなら、どんな夢か何となくわかったかもしれないけど、違うんだもの、ずっと同じなのよ、それは、それは！ってね」

おれは一気呵成にゴリッティとの面会について話して聞かせた。話しつつも、フリアならゴリッティの側につくだろうなと考えていた。人工冬眠に対する熱狂ぶりを思い出していたのだ。だけど、見当は見事にはずれ、フリアは雲隠れに対して断固反対にまわったのだった。

「氷の塊がいいわよ。確かに何にも見えやしないけど、少なくとも働かなくていいのよ。なのにさ、ねえ、自分の家に隠れる退屈さときたらどう？　お店も映画も劇場もある、女友達を訪ねたりお客さんを迎えたりもできるってのに、隠れることになったから身動き取れませんなんて。死んだほうがましよ」

「他人が何かしろと決めたわけじゃない、その人自身がそう決めたんだ。でもまあ……」

「でもまあ、何よ」

「決めたのはその人自身だが、その人の決定は集団的決定の一部だってことさ」

「何よ偉そうに！　その集団的決定によってさ、こないだ宝石商をやめさせられてから、あんたは日がな一日哲学してばっかりよ。大層なご託はいいから何か実になることをやんなさいよ。とにかく、あたしは放っといて。昼ご飯を食べなくちゃなの。そう言えば思い出した。ヘンリーが十回は電話してきてたわよ。たぶんいい仕事でもあるんじゃないの」

おれは書斎に行った。四方を壁に囲まれたまま、もし奇跡が起こってゴリッティとジェラールが一時雲隠れするのをやめ、おれに会いに来たら、驚いて立ち直れないだろうな、と考えていると、いつのまにか呆けたような笑いを浮かべてしまっていた。《なんですって、あなた？——ゴリッティは言うだろう——。あなたも閉じこもっているのですか？　《それ》が頭の中にいることをようやくお認めになったと？》おれは受話器を取り、ヘンリーの番号にかけた。今ならたっぷり話を聞いてやろうじゃないか。わかってる、おれに回せる仕事なんてヘンリーにあるはずなかった。ヘンリーも身を隠しているってほうに倍賭けしてもいい。やっと奴の声が聞こえた。

「きみなのか……?」

「ああ、ヘンリー、おれだよ。どうした?」

「タクシーを拾ってここに急いでくれ」

「いや、ヘンリー、タクシーなんか乗らないよ。金儲けの話なら別だけど」

「馬鹿か! 今どき金なんか誰が興味あるんだ?」

「おれさ、ヘンリー。今どきだろうがいつどきだろうがおれは金に興味がある。そして金よりも、ヘンリー、金よりもはるかに、人生にな。きみだって人生に興味があるだろう、違うかい?」

「昨日までは興味があったさ。氷の塊のことを考えると嬉しくてどうにかなっちまってたのはご存じの通りだ。考えてみてくれ、コラと一緒に行くあの旅行は最高に楽しかったはずだよ。帰ってからも言わずもがなだ。何も見てない以上完全に何も語らなくていいんだから。素晴らしいよ、でも人生ってやつは……。一夜にして何もかも変わっちまった。今は隠れるより他に仕方ないさ……」

「仕方ないだって、ヘンリー? なんてこと言うんだ! 今すぐ着替えてピラミデで会おう。ウイスキーをおごるよ」

「えっ、いや、無理だよ。どうしたって無理だ。もはやピラミデなんておぼろな思い出に過ぎない。それに、今じゃ誰もピラミデになんて行きやしない、十二時から一時のあいだだろうが夜だろうがね。人々は今や隠れてるんだ」

「知ってるさ、ヘンリー、今人々が隠れているってことくらい。昨日ゴリッティの家に行ったんだ」

「彼に会ったのか？　うん、もちろん、ゴリッティが雲隠れしたことは知っている。アツを蛇蝎《だかつ》のごとく怖れているからな」

「きみもか、ヘンリー、きみも《圧力者》とは言いたくないってのか。圧力者の存在を信じるなんて間抜けもいいとこだと思わないのか？」

「存在は信じているとも。あいつのせいで僕らはもうおしまいだ。なあ、きみの考えのほうがはるかにまずいぜ。これから恐ろしい日々が待っているんだ」

「ヘンリー、きみが世の中で一番好きなことにかけて、合理的に考えてみろよ……あの圧力者とやらはきみたち自身が考え出したものだろ……」

「そうだとしても、だよ、きみ、そうだとしても、だ。製造業者が作ったとしても僕らが作ったとしても何の違いがあるんだ。問題はそれが存在していて、アツと呼ばれ、精魂尽きるまで圧迫してくるってことだ」

「なあ、ヘンリー、圧力者から解放されたいか？」

「アツから解放されるだって？　正気か！　僕にできることと言えば、この家に身を隠し続け、可能な限り最悪の事態を避けることだけだ」

「わかったよ、ヘンリー、でもおれが聞いてるのは圧力者から解放されたいかどうかだ。おれはきみに圧力者への確実な対処法を教えてやれるんだ」

「笑わせないでくれよ……。でき得る限り奴を避けることが最良の策だ。なぜなら、なあ、よく覚えておけよ、遅かれ早かれ圧力者はやって来るんだぜ。もう家を取り囲んでいるかもな」

「ヘンリー、圧力者なんか糞喰らえだ。聞いてるか？　糞喰らえだよ。人生を深く愛しさえすればそんなの怖るるに足らずだ、実際におれは愛しているよ」

「ああ、きみが人生を愛しているのは知っている。僕もかつては愛していたが、見ろよ。今や僕はゼロになってしまった。そうだよ、なあ、救いなんかないんだ、僕にもきみにもね、きみがどう思おうとな」

「ヘンリー、聞くのはこれが最後だ。圧力者から解放されたいのか？」

「大体どうやって？　おふざけのつもりなら付き合ってやるけどな」

「首根っこを押さえつけてやるだけさ、足元にのたうって死んじまうまでな」

「そりゃ素晴らしい！　でもまず僕の頼みを一つ聞いてくれるかい」

「二つだっていいよ、ヘンリー。きみが怖れに打ち勝てるのなら」

「頼みは一つだよ、一つで十分だ。後生だからなんとかアツに首をこしらえてやってくれないか。目や頭、耳や口もな……」

ヘンリーが口にしたこの言葉は悲劇的な笑いと混じり合っていた。快心の一打を喰らった気分だった。この鮮やかな答えは、陰謀には首も、頭も、目も、腕も脚もないんじゃないかというおれの考えを裏付けてしまうものだった。けれど、何かやらなくちゃならなかった。でも、何を？　やろうとしたのはまったく頓珍漢なことだった。

「なあ、ヘンリー、警察を呼ぶんだ」

「警察？　警察だって？　警察が何て言うかわかるか？　泥棒や人殺しを捕まえるのは我々の仕事ですが、肉も骨もある生身の奴らだけですよ、って言うさ……。無理だよ、なあ、警察はすべてを知っている、でも何もできないんだ。さあさあ、僕に会いに来てくれるのか？　これが最後のチャンスだよ」

「最後のチャンスって何だ、ヘンリー、わかんないよ」

「わかるだろ！　僕の顔を見る最後のチャンスだよ。でも急いでくれ、遅れたら僕はカーテンをかけてベッドに潜りこんじまうぞ。ゴリッティみたいにね」

電話は切れた。

そうかそうか！　つまりはもはや末期の祈りを捧げるしかないってわけか？　すべては失われてしまったと？　ヘンリーによれば、圧力者を前にして警察は無力だった。ならば陰謀を阻止するのは、哀れな宝石屋であるこのおれだってことだ。今すぐ外に飛び出して演説を始めてやる。善は急げ。おれは瞬く間に着替えた。午後一時。うってつけの時刻。人々が仕事を中断して出てくる。おれは銀行の階段に向かって駆けて行った。最上段に辿り着くと叫び始めた。

〈善良なる市民の皆様、どうか数分お耳をお貸しください……〉

こんな風に終わりまで、もちろん圧力者のことも、特に強調しながら付け加えた。野次馬たちが数人、数分だけ話を聞いて行き、剣を呑む曲芸師や工業製品の街頭宣伝に向けるのと同じ目つきでおれを見ていた。他の人は通り過ぎたり、ほんのちょっと立ち止まったり、おれの目の前で笑ったり、挙句にはイカレてると口にした奴もいた。ついには警官がお出ましになった。仏頂面で演説をやめるよう警告してきた。

「行った行った、さあ、行った……」

「ちょっと、お巡りさん。あなたの上司に会わせてください。陰謀を突き止めたんです。人々が身を隠し始めています……。陰謀家を捕まえないと……」

こりゃ狂人に違いないと考えた警官は、(自分の言っていることの重大性には気付いていなかったけれど)きわめて陰謀的な答えを返してきた。

「じゃあ急いで隠れなさい。本官もそうします」

ご想像の通り、おれは階段を降りた……。

9
(ルージュ・メレ)

そうして我々は、何の前触れもなく、**ルージュ・メレ**に至ったのだ。
ルージュ・メレは二つの単語だ。**ルージュ**は名詞。**メレ**は**ルージュ**を修飾する形容詞。例えば七歳の子供だって、この簡潔な文法的概念を吸収できる。また一方では、**ルージュ**も**メレ**もフランス語に属する言葉だということが完璧にわかる。英語やヒンドゥスターニー語、ロシア語やドイツ語等々だと思う人はいないだろう。そう、それらはフランス語、フランス語の中でももっとも初歩的なものだ。フランス語をほとんどあるいはまったく解さない人でも、この二つの言葉の意味を探し当てるのに大した手間はかからないはずだ。最低ランクの辞書にあたってみればそれでいい。**ルージュ**も**メレ**も、フランス語学習のための辞書にはどれも載っている。

ルージュと**メレ**の組み合わせはフランス人の耳には馴染みがないかもしれないが、意味を読み取る障害にはならないだろう。もしフランス人の男に（あるいはフランス人の女に）、**ルージュ・メレ**と聞いて何を思い浮かべますか?と聞けば、おそらくは口紅の色かあるいは画家（プロとか、《日曜画家》とか、へっぽこ画家とか）が使う色のことだと答えるだろう。これは中流フランス人の場合。教養あるフランス人になると、これは歌か詩のタイトルだなと言って**ルージュ・メレ**の意味を拡大するか、あるいは想像の世界に嵌まり込んだ場合には、**ルージュ・メレ**とは暗号だ、と言うだろう、攻撃を許可したり撤退を実行する軍令の暗号、恋人二人が連絡を取り合う暗号、情報を手渡すスパイの暗号、息子に（または娘に）恐怖を抱かせるための父親の（または母親の）暗号、そのことを子供が年老いてから思い出すための暗号、脱走のための囚人の暗号、新発見のために科学者が使う暗号……。

ルージュ・メレはある通りの名前かもしれない。フランスに何百とある市の一つが有する議会の場にて、新たに開通する通りに**ルージュ・メレ**という《洗礼名》を与えようとする合意が結ばれるかもしれない。あるいは（進歩的人物である）パリ市長だって、《渡し場通り《リュー・デュ・バック》》という中世的な名前にうんざりして、ただちに《**ルージュ・メレ**通り》に変えてしまうかもしれない。こうした流れに沿って名付けてみよう。**ルージュ・メレ**という名をバーに、《ディスコクラブ《ボワット・ド・ニュイ》》に、洋服屋に、カフェに、中学校に、鉄道の駅に、肉屋に、病院に、等々。同じように、山に、川に、海にも（例えば、北極海の代わりに北**ルージュ・メレ**海）。

でもそれだけじゃない。いったんフランス国民が**ルージュ・メレ**に親しんでしまえば、父称のように使われることだってあるだろう。これを例えて言うなれば、**ルージュ・メレ**・デュシャン、**ルージュ・メレ**・カルティエ、アルベール・ギヨーム・**ルージュ・メレ**・オージェ、アルベルティーヌ・ソフィー・ルノー・**ルージュ・メレ**等々。これらの**ルージュ・メレ**氏のうち誰かが聖人になることだって大いにありそうだ。するとこうなる。聖**ルージュ・メレ**または聖女**ルージュ・メレ**、処女《ヴィエルジュ》にして殉教者《マルティイール》よ……。同様にどこかの**ルージュ・メレ**氏はあまりに手際よく大量殺戮をおこない、彼の名声は残響として未来の大量殺戮にも**ルージュ・メレ**という名を授けることになるかもしれない。

要するに、**ルージュ・メレ**は現在フランス語精神に根付いてはいないけれど、他の多くの表現や言葉に起こったのと同様、その精神の富に参入し、より豊かなものにすることはあり得る。もし家族の集まり、宗教的な会合、労働者たちの集会、人で一杯のレストラン、株主総会等々の場所で、誰かが**ルージュ・メレ！**　と叫んだなら、間違いなくそいつは狂人だと思われるだろう。しかし、そうした叫び声が流行となった場合は、狂人はもはや狂人だと思われなくなり、**ルージュ・メレ**は人生に意味を与える何千もの物事の仲間入りを果たすことになるだろう。

だが我々の街では人生の意味も意味のある人生も失われてしまった。

そうして雲隠れの後に、いきなり何の前触れもなく、**ルージュ・メレ**がやって来たのだ。それは先に書いたような意味や含意を持たない、丸裸のままでやって来た。解釈学者や注釈者や解読者に挑みかかりつつやって来た。新手の皆殺しの天使さながら、我々がお互いに意思疎通するための何百万もの言葉の生命を刈り取りながらやって来た。つまり、**ルージュ・メレ**が我々の街にやってきて、我々はその恐るべき破壊力の犠牲になったのだ。はじめに言葉ありきだとすれば、最後に**ルージュ・メレ**あり、だ。

だがこうした奇を衒った言い回しや象徴主義はやめにして、事実を語ることにしよう。

銀行の階段での演説が失敗に終わってから一カ月後、正直言ってその一カ月のあいだ我々の街はもはや人道的には街の模倣物に過ぎなかったのだが、そう、その一カ月後、同胞の市民が生気を取り戻す希望をほとんど失ったおれは、帰って風呂に入り、スリッパに《潜り込み》、食事を待つあいだレイモンド・チャンドラーの探偵ものの最後の部分を読もうと帰途に着いていた、だがその時いきなり、何の前触れもなく、ある男が目の前に立ちはだかり、声を限りに叫んだのだった。

「**ルージュ・メレ！**」

男の顔はまるで噴火した火山のよう、天変地異でも起こったようだった。首筋の血管は信じがたいほど張り詰めており、その中を追い詰められた獣のように血が行き来していた。おれに届いた声高な叫びは、その追い詰められた血に染まっていたと誓ってもよかった。だが、おれをこれ以上ないほど驚愕させたのは、教養人の口よりもむしろ巨漢の肉屋の喉奥から発せられるべき、その野蛮な叫び声じゃなかった。あの震える口、あの首筋に浮き立った血管、あの危険を祓うかのような手と、てんかんの発作に襲われた者のように震えている足は、かの身なりのいい紳士、ちょっと前まで今みたいに偶然通りで見つけようとしていた、あの身なりのいい呼吸困難の紳士の人相（人なのか？）を成していたのだった。

「ああ！　あなたでしたか。今度はどうなさったんです？」

「**ルージュ・メレ！**」彼はふたたび声を上げた。

「落ち着いて。わけを話してください……」

おれの問いかけに、彼は今一度、これまでのよりさらに大音声の**ルージュ・メレ**で答えた。

不条理な状況に際しては理性ある対応を取るべきだとされている。したがって、おれは身なりのいい紳士を狂人だと考え、丁重に放っておくべきなのだった。しかし不条理な状況というのはすこぶる興奮を誘うもので、とてつもない誘惑の力を持っている。母語以外不自由なおれには理解できなかったこの二つの単語は、凶悪な興奮を掻き立てたのだ。理解はできなかったものの、その言葉の響きはまるで火事の半鐘や、救急車のサイレン、赤信号や踏切に降りる遮断機みたいだった。おれの理解を越えた連鎖によって、その二つの単語の中には、その時までに達成された陰謀の諸段階が表れていたのだ。そう、**ルージュ・メレ**は単に気まぐれに身なりのいい紳士の口にのぼったんじゃなかった。そうじゃなく、**ルージュ・メレ**はこの陰謀の最終段階として突然現れてきたのだ。**ルージュ・メレ**は《構え、狙え、撃て！》の号令に等しかった。この場合、身なりのいい紳士は自分自身の処刑を命じていたのだ。

だがこの半死体を前に手をこまねいているわけにはいかなかった。なんとか告解を引き出すか、話を聞き出さなくてはならなかった……。おれは想像の中で司祭服を羽織ると、こう切り出した。

「陰謀の首謀者は誰です？」

「**ルージュ・メレ**」

「あなたの苗字とお名前は？」

「**ルージュ・メレ**」

「私を信用なさい」

「**ルージュ・メレ**」

「難しいことじゃありませんよ、あなたの心には秘密が溢れているでしょう」

「オゼウ・ラッチ・ネンリョ・オイル・ハキペック」

「よろしい。他にはありますか？」

「プレキシグラス……」

「罪を悔い改めなさい」

「ア、イ、ウ、エ、オ、カ、キ、ク……」

「死を怖れていますか？」

「ヶヴヘンポヒヲヨザ……」

おれが身なりのいい紳士に《告解》させているあいだ、身なりのいい紳士のほうはうわの空で、なんとも表情豊かな**ルージュ・メレ**を何度か叫んでいた。《おれの知る身なりのいい紳士》は、意味ありげな**ルージュ・メレ**を繰り返すまでに非常識な身なりのいい紳士になってしまっていたのだ。信じられないだろうが、おれが告解させた者の誰一人として、この模範的な告解儀式の手順を間違えなかった。彼らはみんな、身なりのいい紳士と同じく、おれが質問しているあいだ意味ありげな**ルージュ・メレ**を発していたのだ。

そこでおれはふたたび理性へと浮上した。身なりのいい紳士に向けた最後の理性的な言葉は《わけを話してください》だった。あっというまに何分も経ってしまっていて、そこで延々と説明を待ちながらじっとしているわけにはいかなかった。フリアが食事を作るのを待ってくれていたし、その前に風呂に入って少しばかりレイモンド・チャンドラーを読まなくてはならなかったのだ。それに、あの胸を苛む蠢き、あの強迫観念、あの良心をつねられる感じ、あの縁起でもない**ルージュ・メレ**ときたら……。おれはもう一度質問を繰り返した。

「わけを話してください……」

「**ルージュ・メレ**」ふたたびそこらじゅうに大声を轟かせた。

「まだ圧力に苦しめられているのですか？」

身なりのいい紳士は苦しげに身を屈め、その目には一瞬のあいだ、失われた理性の力がふたたび輝いた。《圧力》という言葉の響きが、一瞬にして彼を生の境へと引き戻したのだ。希望が甦ってきた。

「圧力、圧力」おれは恐る恐る繰り返した。

だが彼がかろうじて言えたのは、

「**ルージュ・メレ**」

その時だ、（異星人のような存在だった）おれだけに向けて話していた身なりのいい紳士は、数歩歩き出して近くを通りがかった男の手を摑むと、自分と向き合わせ、二人は意気揚々と話し始めたのだった。

「**ルージュ・メレ?**」身なりのいい紳士が尋ねた。

「**ルージュ・メレ**」男はそうだという風に答え、なんなら強めに肯定せんばかりだった。

「**ルージュ・メレ!**」身なりのいい紳士は大喜びで叫んだ。

「**ルージュ・メレ!**」男も同じように大喜びで答えた。

「**ルージュ・メレ?**」身なりのいい紳士はふたたび質問したが、今度は手で正面の高層ビルのとある階を指し示していた。

「**ルージュ・メレ**」男はそうだという風に答えた。

「**ルージュ・メレ**」身なりのいい紳士は仰々しく挨拶し、立ち去りつつそう言った。

「**ルージュ・メレ**」男もまた仰々しい挨拶をし立ち去りながら答えた。

「**ルージュ・メレ**」おれは心の中で言った。一目散にその場から駆け出した……。走りながら考えていたのは、レイモンド・チャンドラーのこと、スリッパのこと、風呂のこと、食事のこと、フリアにぶちゅっとするキスのこと、あいつが話してくれる冗談のことだった。

こっそりと帰宅した。大声で**ルージュ・メレ**と言ってびっくりさせてやろうとしていた。あいつは台所のドアに背を向けて皿を拭いていた。おれはそろりそろりと首元近くに立った。大声で叫んだ。

「**ルージュ・メレ！**」

「**ルージュ・メレ**」あいつはそう言いながら、ゆっくりと振り向きおれにキスした。

その時電話が鳴った。フリアが取りに行った。《**ルージュ・メレ**》と言うあいつの声が聞こえた。おれのところに戻り、電話を指して《**ルージュ・メレ**》と言った。ゾンビさながらに電話機のところまで歩いて行き、受話器を耳に当てると、《**ルージュ・メレ**》と言うヘンリーの声がした。《**ルージュ・メレ**》とおれは答えた。《**ルージュ・メレ**》とまたヘンリーが言った。電話は切れた。

すべては**ルージュ・メレ**だった。

10

どんなに屈辱的に罵倒してもどんなに激しく嘆願しても、フリアには効かなかった。正確に言えば、人としての尊厳の情を呼び覚まそうとして罵倒すれば、わっと泣き出したし、以前はまったく馬鹿げたものに思えたが、今のおれの耳には一つの言語が醸成し得た至高の表現のごとく、哲学の精華のごとく響くに違いないあのあいつ自身の言葉で、普通の人間らしくしゃべってくれるよう土下座して嘆願すれば、フリアは頭を横に振り、いまだ美しいその目には涙が溢れるのだった。おれが繰り返し問いかけている——絶望に打ちひしがれた唇の上で超自然的性質を帯びてきた——、言葉を忘れてしまったのかい？　という質問に対しては、あいつは否定も肯定もせずに、あいつや他のみんなの良心が沈んでしまったあの暗黒《マーレ・テネブラルム》の海の中でおれを導こうとしているかのごとく、氷のような恐怖のイメージを見せつけるようにして手で顔を覆うのだった。

妻の名誉のために言っておかなければならないのは、あいつはまだ心を占めていたかすかな自制心によって慈悲を示してくれたってことだ。まだ一緒にいられたわずか数日のあいだ、あいつの唇は二度とあの不吉な**ルージュ・メレ**を口にしなかった。でもこの一時しのぎは新たな断絶を意味していた。発声器官は申し分ない状態にありながら、フリアは生まれつきの聾唖者よりもさらに押し黙っていた。おれは身振りで伝えてくれるよう頼んだ。その頼みも黙殺された。すでにフリアはこの世で言うべきことを言い尽くしてしまったのだった。唯一あいつの唇に残されていたのは、恐怖ゆえにけっして口にされることのない究極の問い、《私何をされたの?》という問いだけだった。

何をされたんだ、可哀想なフリア……。おれもまた問おう、おれは何をされたんだ。突如として沈黙したとある街の弁士という悲しい役割に落ちぶれてしまうとはあんまりな冗談だ。おれが刻み付けてきたのはおれ自身の不幸でもあった。見てくれ、おれはなんでも言いたいことが言える——カップとか、皿とか、太陽とか、傘とか、靴とか、テーブルクロスとか……——。ブリタニカ百科事典を開いて、そこに含まれるすべての言葉を一つ一つ発音することができる。言うことができるんだ、〈おはよう、皆さん調子はどうですか? おやすみ、こんにちは〉って、言うことができるんだ、〈久しぶりだなあ!〉とか、〈お話しできて光栄です〉とか、〈六時に起こしてくれ〉とか〈暖かくしろよ〉とか〈また手紙を書いてくれ〉とか〈もっと用心して運転しよう〉とか〈黙りやがれ〉(いや、そんなとんでもないこと言えるはずない、だめだ、黙らないでくれ、絶対にやめてくれ〉とか〈明日は明日の風が吹く〉とか〈神は圧《お》せども殺めず〉とか……。

おれを見てくれ。陰謀が作りあげた地獄から追放されて、今や不毛な楽園のご主人様だ。陰謀家どもは、除け者にすることでおれを罰した。孤独な人々に囲まれてここにいるおれはなおのこと孤独だ。だが、ここにははっきりした違いがある。彼らは孤独を共有しているが、おれの孤独にはただおれしかいないのだ。確かにおれには立派な良心がある、でも一人だけとり残されたら、悪しき大義からなる集合的悪意に何ら対抗のしようがない。役割が逆だったらどんなにかよかったんじゃないだろうか。陰謀を企むおれが、集合的良心に対する個人としての悪意を持っている。集合的良心はただちに《イプソ・ファクト》、おれを絶対的ゼロにしてしまうことだろう。

すでにおれはゼロだ、でも最後まで戦ってやる。バネのように弾け飛び陰謀を頓挫させるような急所、隠された神経線維を探り当てなくちゃならない。まったく口をきかない人々のうち誰か一人でも、**ルージュ・メレ化**した者たちのうち誰でもいいから何か人間の言葉を発音させることができたら（おわかりの通り今彼らが唯一発音しているのは非人間的な言葉だ）、この街は死なない。言葉また言葉、それこそ今おれが持つ唯一の商品なのだ。売ってやろう、いや、交換してやろうじゃないか。何と交換する？　もちろん言葉とだ！　この耳にふたたびあの天上の音楽を響かせたいんだ。

おれは今ローゼンフェルドのオフィスにいる。三兄弟のうち一番年寄りのこの男は、相変わらずの人生のリズムを保っている。十時には宝石と書類に囲まれているのだ。当然、もうお馴染みのあの病気を患っているらしい。彼もまた（言うまでもなく！）**ルージュ・メレ**としか口にしない、その頑固さときたら、いまだに定刻通りオフィスへと出社し続け、宝石をいじったり書類に首を突っ込んだりする習慣と同様に揺るぎないものだ。

ただドアを押し開けるだけ。受付の者も応対係もおらず、実施すべき面接も取り消すべき会談もない。もうずいぶん前にローゼンフェルド兄弟の会社からは《人が群れなして》退職していた。凍りついた廊下、仄暗い通路、無人のオフィスをおれは巡った。赤や黒のビロードの台に乗せられ、細心の手つきで運ばれてくる宝石や、テレタイプの独特の音、あるいはさらにはっきりとわかるタイプライターの音といった、あのうっとりするような壮観はもう見られない。廊下にはもはや、交換台に座る女性たちの声も聞こえず、また鑑定士や《仲買人》、販売員や競売人の行き来もない。騒音のメッカには今や、年老いたローゼンフェルドという物言わぬ証人しか残っていないのだ。緑がかった、破壊された自動人形。最終幕の役者のように《登場人物》に成りきって。ルーペの下には名高い宝石の一つを手に持ち、さも注意深げなふりをして検査している。

挨拶なんて無駄だろう、わざわざするもんか。オフィスに足を踏み入れた瞬間、おれが誰だかわかったはずだが、もはや同胞を認めれば挨拶したり罵ったりする類の人間に属していない彼は、ルーペのレンズをじっと見据えたままだ。だが、ほんの一カ月ほど前ならば縁を切るほど傷ついたのかもしれないが、今はそんな感情に意味などあるまい。おれの目的はローゼンフェルドに話しかけることだ、ローゼンフェルドがおれに話しかけることじゃない。しかしながら、身なりのいい紳士やフリアの時の二の舞は踏まない。ローゼンフェルドのオフィスでは、答えを得られぬまま話し続けて時間を無駄にすることはするまい。では、おれの目的がローゼンフェルドに話しかけて時間を無駄にすることじゃないとしたら、ここに訪ねてきた目的とは一体何か？

おれはテープレコーダーの入っている箱を開けた。録音テープを然るべくリールに嵌め、中くらいのボリュームに合わせて接続する、さてお聞きあれ、こちらが著名な宝石商のアルフレド・ローゼンフェルドが耳にした言葉だ。

《ローゼンフェルド、よく聞いてくれ。普段通りに戻ってくれよ……こんな馬鹿げたことはやめて引き返すんだ……。誰があんたに人生を制限する権限を与えたんだ？　確かに若くはないが、死んだわけでもないだろう。まだ息があるのに死んだふりを始めるなんてちっとも褒められたことじゃないぜ。人生を生きないなんてことは死体に任せておけばいい。あんたみたいな人はあの糞みたいな**ルージュ・メレ**以外のことを言わなくちゃ。あんたみたいなスケベ爺《じじい》の口は女を口説くために、金は十五歳の小娘をベッドに連れて行く贅沢のためにあるんだろ……人生は美しいもんだ、ローゼンフェルド、人生は一度きりしか生きられない。本当は最高の状態を迎えている今になって、気力をなくすなんて許されないことさ……。よくわかってるよ、爺さん、かつてのあんたは人身売買、ヒモ、乗っ取り屋、麻薬の売人、幼児誘拐その他諸々やってきた。もう長年、あんたは尊敬に値し実際に尊敬されてもいるジェントルマンだが、今頃になって、人生が嫌になりあくびが出るからっていう些細な理由で、無に帰してしまうなんて。そんなのちっとも褒められたことじゃないよ、ローゼンフェルドの爺さん。おれはあんたが大好きなんだ。あんたがすり減らしているもの凄い想像力を持たないあさましい陰謀家たちが、あんたをたぶらかして煩わしい陰謀に巻き込むなんて許せない。だめだ、ローゼンフェルド、そんな脅しをもう一秒たりとも許すな。もう一度言う、人生は美しい、悦楽にぶっ倒れるまで人生の踊りを踊り尽くせ。素敵な歌を歌ってやるから聞いてくれよ。

緩い綱なら皆踊る
きつい綱なら首締まる
死んでなければ生は生
認めないのは何のせい？
生を讃えてさあ飲もう
傷に流れる血に酔おう

気に入ったか？　そりゃそうさ。あんたみたいな人間は上等なものを好むんだし、まだあんたにはベッドに連れて行く上物の女たちも残ってる。だけどもしあんたが、ネズミを気にして目を泳がせている小鳥みたいになって、人生に飽きたあの陰謀家たちに加担するってんなら……。いや、ちょっと待った、人生に飽きてるんじゃない、自分自身に飽きてるんだ……。話を続けよう。まあつまり、陰謀家たちの狙いは地球から人がいなくなることだって言いたかったんだ。これでもかってくらい次々に手を打ってきやがるから、おれたちが粘らなきゃ奴らの思うつぼになってしまう。でも好き勝手はさせないよな、愛するローゼンフェルドよ。木端微塵にしてやろう。やってやれ、古海賊のローゼンフェルド、全盛期を思い出せ、ふたたび敵の船に飛び込むんだ。なあ、おい！　どうした、ローゼンフェルド、怖気づいたのか？　違うって？　その意気だ。一発ぶちかませ！　絶対失敗しない計画があるんだよ。計画を説明する前に一杯あげようじゃないか。ほら。好きだろ、な？　そうさ、ご存じの通り上等のウイスキーだ。さて、失敗するはずのない計画があるって話だったよな。聞いてくれ、今すぐ、一秒たりとも無駄にせず、このオフィスを真の姿にするんだ。柱の刳形《くりがた》に絡みついているクモの巣を取り払うんだ、ついでに、海賊さんよ、あんたの心に張ったクモの巣も取ってしまおう……。入ってこい、クモの巣の掃除屋たち、綺麗な大理石は放っとけ！　あんたのオフィスが脈打ち始めているのがわからないかい？　それからあんた専用のテレタイプを動かすぞ。もう作動し始めてる。この天上の音楽を聞きなよ。上等のテレタイプだ。エメラルドは上がってるが、トルコ石とサファイヤはもっと上昇してて蒼天《アズュール》と紛れんばかりだ。だけど、こりゃ何だ！　パリであの大モンゴルってダイヤが二億ドルで競られたばかりだ。そして獲って来たのはあんただ、海賊どの。獲ったのに黙ってたんだな。ローゼンフェルドの爺さんは死んだふりをしているってさっきおれは言ってたが、死んでるどころかそのあいだに大モンゴルの競売に使いを送って獲ってくるんだから。シャンパンで乾杯しよう。シャンパンを持ってこい。飲んでくれ、飲め、上等のシャンパンだよ。もし社会的階層がものを言うんだってんなら、今すぐあんたにふさわしい扱いをしてやるよ。閣下、お言葉に甘えまして……。昔の時代に遡るなら、下の者が上の者に嘆願するのでなくちゃな。お願いでございます、もしよろしければ、もしご迷惑でなければ、卑しくも閣下にお持ちした請願にお目通し頂けますようお願いいたします。閣下の宝石のために大変な労苦が費やされていることはご存じの通りでございます……、等々。さあ、すべて整いました。秘書たちは前線に就き、《仲買人》たちはゴルコンダ産やポトシ産の宝石が荷揚げされるのに備え、競売人は、これ以上はいないか？　と叫び、鑑定士は正当な値を付けたり、掛けたり割ったり、足したり引いたりしております。そして閣下、あなたは平静に、尊大に、冷淡に、周到に、親切に、無愛想にまたユピテルのごとく命令を授けていらっしゃる。それにしてもこうして復活を果たされるのは容易じゃなかったのではないですか。なんですって、ローゼンフェルドさん、お気づきになられていないとは！　シワは消え、お顔色は目も眩むカラー映画のようなピンク色ですよ。小切手にサインする手はもはや震えておらず、目の輝きは強欲と欲情を生き生きと絵に描いたよう。敬うべき者には敬意を。アルフレド・ローゼンフェルド閣下、あなたに第一等蘇生者を叙勲いたします。アルフレド・ローゼンフェルド万歳、セルヒオ・ローゼンフェルド万歳、ガストン・ローゼンフェルド万歳！　人生万歳！　くたばれ死よ！》

死という言葉とともに録音テープが終わった。死そのものよりも悪質な死、生きながらの死が、死に縛られ囚われたアルフレド・ローゼンフェルドの顔に汗を垂らしていた。ガラスの目で手に支えたガラスを精査し続けていた。おれはくだけた態度で身を寄せて、彼にこう言った。

「ローゼンフェルドさん、いかがお考えですか？」

「**ルージュ・メレ**」彼は答えた。

絞め殺してやりたいところをなんとかこらえなくちゃならなかった。まあ、首を絞めるって意味だ、魂のほうはしばらく前からもう決定的に締め上げられていたんだから。ローゼンフェルドに対して試みるべきことは何もなかった。彼は二人の兄弟と同じく集団ノイローゼと闘ったが、最悪の事態になり集団ノイローゼのほうが彼を永遠に打ち負かしてしまったのだ。

「ではまた、ローゼンフェルドさん」おれはお辞儀をした。

「**ルージュ・メレ**」彼は答え、手に持っていた宝石は机の下に転がり落ちた。

11

昨日受け取った手紙を以下に転記する。

拝啓

貴殿がつい最近引っ越されたホテルのすぐそばに評判の古物商があります。正確には《籠手堂》という店です。さて、ぐずぐずしないで、その店へ行って貴殿の《人間味》に適う中世の甲冑をお選びなさい。揃いの武具一式から皮盾と大盾と槍を取るのです。すぐに通りへお戻りください（狂人や仮装と間違われる心配は要りません、我が街ではもう誰一人として、何事かに注意を向けはしないのですから)。さらに一区画歩みを進めてご覧なさい。そこに小さなサーカスがあります。テントの裏に疲れ果てた一頭の馬が見つかるでしょう。それに乗り冒険を求めてご出発なさい。取り急ぎ申し上げます、ドン・キホーテ殿、あなたは一体何をなさりたいのです?

こうお尋ねするのは好奇心からではなく、馬鹿にするつもりでお聞きしているのです。貴殿とは違って我々は、《先端極致》(この表現が持つあらゆるニュアンスがここには含まれています)の只中にいる。一方貴殿は《骨董品》といったところです。我々は自らの《白鳥の歌》を歌おうとしているのに、あなたは生を讃えて歌う。従いまして、敬愛する貴殿よ、あなたは時代遅れの人間なのです。

貴殿が我々に合わせて立場を変えないのは承知しています。我々も同様ですが、万が一考え直そうとご決断なさるなら、我々の門戸は目一杯開かれている、ということをお知りおきください。貴殿が我々の組織に厚みを加えてくださるよう心よりお招き申し上げます。失礼、《厚み》というのは誇張です、我々の組織はすでにぱんぱんに張り裂けんばかりですからね。あとはあなただけです。考えて御覧なさい、笑いものになるのがオチですよ。ドン・キホーテがたった一人では、何百万人もの反キホーテたちの前では全くの無力です。

我々が貴殿に敵意を抱いているのではなく、ただ貴殿をお救いしたいのだということを知って頂くために、明日の午後六時にクラブ86で催される、我々の最後のカナスタ大会へとご招待いたします。間近に迫った我々の出発を祝うための大会です。お待ちしております。

数々のルージュ・メレの一人より……

いいだろう、——おれは思った——、本性を表し始めたな……。おそらく陰謀の親玉はレイモンドなのかもしれない。考えてみれば推測しても意味などない。親玉がレイモンドだろうが他の誰かだろうが同じことだ。シャーロック・ホームズごっこをしても意味はないだろう……。この陰謀は警察が扱うような事件なんかじゃない。無駄に終わるだけだ。おれがクラブ86に現れて、全員動くな、手を挙げろ！　と言っている場面を想像してみるといい。まあ、誰も動きはしないだろうし、全員が手を挙げるだろう、おれはそいつらを護送車に入れて、独房にぶち込むだろうが、陰謀は歩みを続けるだろう。

だが、決着をつけようじゃないか……たとえ地獄への招待状だったとしても受けてやろう。もしそこに死が待ち受けているなら、望むところじゃないか。おれ自身の人生じゃなく、人生そのものを守って死ぬことになるんだからな。ドン・キホーテと比べられるのも名誉なことだ。氷塊の騎士よりは憂い顔の騎士になるほうがいい。連中はこぞって子供じみたことに精を出してやがる。今度は最後のカナスタ勝負への招待状ときた。行ってやろうじゃないか。血の気を凍りつかせてやる……。いや、凍りつかせるのは無しだ。どうやら今やすでに、奴らは自己冷凍しようとしてるんじゃなく、立ち去ろうとしてるらしい。去るだって？　一体どこへ？

おれは夜通し《出陣式》をおこなった。夜が明けるころには、いつのまにか様々な戦略や大規模な軍事作戦、遠大な外交的策略を練っていた。まだ奴らが意見の食い違いを調停する可能性はあるだろう、その最後のカナスタ勝負で、賭博台——今や会議席と化している——の前に座ったおれたちは、協定を結ぶに至ることだろう、そんな風におれは考えていた。血の通ったおれのような人間たちが、ただただ単純に、生きないよりは圧力とともに生きるほうがいいんだってことを理解できないなんて、おれには想像もつかなかった。

危機的状況において（まさしくおれはそんな状況に置かれていたわけだが）人は希望と絶望のあいだを揺れ動くものだ。思考は時計となり、楽観的な一分間に続けて悲観的な一分間を刻む。すべてはおしまいだと考えつつも、あの人たちは恐ろしい悪夢から醒めるはずだと自分に言い聞かせもしながら、おれはあの暗黒の深淵にくさびを打ち込んでいた。おれは自分にこう言い聞かせていた。多分この手紙は、陰謀に敵対する他の人たちにも送られたのかもしれない。何百万人もが住む街で唯一おれだけが陰謀を批判しているなんてはずはない。男女問わず多くの者が同じような態度を表明しているということは大いにあり得る。したがって、この手紙は特別におれにだけ送られたんじゃなく、何千もの手紙が他の人たちの手に渡ったんだ。陰謀家の数はそんなに多くはないはずだし、プロパガンダを打つ必要を感じているとすれば、陰謀の成功に絶対の自信があるはずもない。この手紙はただ単なるSOSなのであり、奴らは窮地に追い込まれていることを悟り、おれたちに助けてくれと訴えているのだ……。おれたちの大勝利だ。けれどすぐさま悲観的一分間が主張し始めた。そんなことはない、この手紙は大勢に向けたものじゃなくお前だけに送られたんだ、陰謀に反対しているのはお前だけなんだからな。もし、お前が言う通り奴らが救助を求めているならば、手紙の調子は全然違ったものになっていただろう。弱い立場にいる者は誰も、嘲笑や嫌味、まして罵倒によって物を頼んだりはしない。なのに手紙には全部が出揃っている。きっぱり理解することだな。奴らは蛆虫だ、でも官軍の蛆虫さ。一方のお前は英雄、しかし敗軍の英雄なのだ。

この考えがあまりに陰鬱過ぎたため、これに続く楽観的一分間はまるで怒涛のように押し寄せてきた。おれは部屋から《出て》、通りへと《飛び出し》、何千もの家の《呼び鈴を押し》て何千人もの人と《話し》た。全員が手紙を《受け取って》いて、全員があたかも一人の人間のように、クラブ86へ出席することに《賛成して》いた。おれは聖なる熱狂のうちに、武具を揃えるため彼らを古物商へと引き連れて行った。おれたちはクラブのプレイルームに急襲をかける何千人ものキホーテとなるのだ。我らが剣で陰謀家たちを細切れにし、我らが街はかつての姿に戻るのだ。

かつての姿……。ああ、おれはたちまちのうちに現実に急降下する。ドアを見つめる……。おれがそこから出て行くのを待っている。表面上生きていても、実は瀕死の街をおれは目にするだろう。圧力はすでに、圧縮された壁が崩れ落ちて来て、瓦礫の下に身体や思考を葬り去るところまで来てしまった。宝石屋崩れよ、どれでも家の呼び鈴を押すだけですぐに誰かが現れて手紙を見せてくれるなんて、そんなこと誰が保証してくれるっていうんだ？　考えるのはやめて行動しろ。お前の楽観的思考を実地に証明してみせろ。お前の大義への賛同者は何千人を数えると思うのなら、何を待っているんだ？　わかりきってるよな！　お前が思い切ってやろうとしないことを、誰かがやってくれるのを待っているんだ。お前は呼び鈴を聞くのを待っている、誰かの手が手紙を差し出して見せて、《あなたはこの手紙を受け取りましたか？》って聞いて来るのを待ってるんだ。

かくして、待ち構えたまま、おれは一日を過ごした。

12

カナスタ86のパーティーホールでの気違い沙汰。ホールに足を踏み入れてすぐ、その狂気を目のあたりにし、その狂気に触れ、その匂いを嗅いだ。そこには五百人くらいの人々が座っていたが、ただ単に座っていただけじゃない。座っていると同時に、彼らはナイロン製の袋みたいなものに入っていたのだ。そこにはコロン婦人も、レイモンドも、ヘンリーも、ディックも、コラ・ラサも、ローゼンフェルド兄弟も、元宝石商ローウェンタール兄弟も、アルベルトも、そしてもちろん、フリアもいた。まったく悲喜劇的な光景だった。この人たちはみんな、無菌の避妊具に覆われた、できそこないの怪物なんだと脳裏に浮かんだ。彼らにとっては《もはや》受精など興味がないということを、おれにはっきりわからせるために、彼らはここに集められたのだ。氷の塊も嫌なものだったが、少なくともある種の美しさがあった。今、コンドームの中の彼らを見ていると、その心中の感情がはっきりと理解できた。グロテスクなものによって、グロテスクなものへと還元されること。彼らは自分自身の道化に過ぎなかった。

見るだけで沢山だった。もう一分たりとも道化たちに混じっていたくない。偉大なる自慰者たちはその業を極め、虚無のオーガズムへと達したのだ。おれは出口を探した。扉のところに来た時、門衛か何かがおれの腕の中に例の妙な膜を一つ押し付け、すぐさまおれにそれを被せようとしてきた。

膜に腕が触れるか触れないかくらいだった。おれはその現代版ネソのチュニックを遠くへ放り投げた。それは綿毛か水に潜るイソギンチャクのようにゆっくりと落ちて行った。おれは怒れる獅子のごとく向き直って、それらの人々に叫んだ。

「ドン・キホーテの甲冑のほうが千倍ましだ！　おれは死にかけちゃいない、そんな酸素テントなんかに入るのは御免だ。人工呼吸が必要だと言うなら、その墓に住むがいい。他人の体に精液をまき散らすのが嫌なら、防止用の避妊具はそちら、でもそんな危険な遊びにおれを巻き込まないでくれ」

誰もおれの言葉に応えなかったが、もはや驚きはなかった。皆が皆心行くまでの死亡状態にあり、偉大なる閉経へと到達した女性のうちに月経が隠遁するように、神から授かった言葉はもはや彼らの口の中に隠遁していたのだった。

そこで、ここは独壇場と思い決め、おれはそこに集った死者たちをじっと見つめて言った。

「あんたたちは死の瀬戸際にいるんだぞ。もう一歩踏み込めば、そこからは動きたくてももう動けなくなる。警告しておく、あの世なんてない、永遠の人生なんてない、最後の審判なんてない、生き残る者なんていない。ここで命を失う者は永久に失うんだ」

我々のこの主張をおれは信じている、だからこそ、皆はきっとおれたちの信念を受け入れ従ってくれると思える。彼らは今まさに悲劇じみた覆いを脱ぎ去り、人生に対して心からの喝采を送り始めるはずだった。

だがそいつらは皆骨の髄まで腐っていて、ゴミ溜めしか信じられないのだった。全員がゼンマイ仕掛けのような動きで立ち上がった。サロンで巨大なふいごの音がし、彼らの膜が膨らんだ。今まさに圧力による最後の襲撃がおこなわれたのだ。

その時門衛はおれが地面に投げ捨てた膜を拾い上げ、ある装置を押した、すると膜は風船のように膨らんだのだった。すぐさま彼は《腹部》を突き刺し、死の喘ぎのような音とともに空気が漏れ出した。化身としてではあったが、おれは奴らにおれ自身の死を目撃させられたのだ。彼らにとって、おれはしぼんでしまった人間に他ならなかった。

おれはエレベーターに乗った。際限なく落ちて行くように思えた。外に出るまでにはまだ時間がかかった。星を見たくてしかたなかった。

エピローグ

陰謀の起源、発展、そして結末をめぐっては、すでに述べたようにうるさい識者どもが事後の遅きに失して様々な仮説を発表した。手品のごとく現れた、この偉そうな観察者たち（我らが賢人たちもまた膜をかぶったことを告白しなきゃならない）を、おれはくどくどうるさい奴らと言ってきたが（有識者とは常にうるさいものだろうが、問題の件においてはそのうるささが倍にもさらにその倍にも増していた）、彼らが発表した仮説は才気溢れるものだった。それらはすべておれの手元にある。全部を丸ごと写すことはできないから、陰謀の結末に言及しているものを選んでみた。

P教授の報告書

ある偶然の発見によって我々は陰謀の最終的位相を再現することができた。地中海沿岸にてとある漁師がナイロン膜を発見したのだ。我々は検査によってそれがカナスタ86の最終セッションにて使用された膜の一つであることを確認した。そこで膜をかぶっていた者たちや他の八百万人もの（同様に膜をかぶった）人間たちは、上記セッションの翌日に街から姿を消した。発見された膜と行方不明の人々とを結び付けて考えると、陰謀の最終的位相、すなわち結末を再現することが可能となる。この何百万もの陰謀家たちはただ単に海に溺れて自殺したのだ。その方法とは？（事前に膨らませておいたに違いない）膜の中に入ったまま海に飛び込んだ内容物は、容器に包まれたままゆったりと浮かび始める。そのあと、合図とともに、腹部に相当する箇所の膜、その薄いナイロンの表面に一突き穴を開けて沈んだのだ。我々は、今後この地球上の無数の沿岸地方や浜辺で、この異例なる自殺者たちの膜が何百万と出てくると考えている。そうなれば（そうなる以外にはあり得ないが）我々の仮説は明確に証明されることになるだろう。

O教授の報告書

我が同僚である高名なP教授の仮説は、私にはきわめて妥当なものに思える。その仮説の中心的議論には反論の余地がない。すなわち、膜は地球を離れるために使用されたのだ。しかしながら、この離脱を実現するために利用された《自然の要素《エレメント》》に関しては私の意見は異なっている。以下に詳述しよう。これら切羽詰まった何百万もの自殺者たちが、膜を然るべく膨らませた後で選択したのは、P教授が論じているような液体ではなかった。逆に彼らが選んだのは気体、平たく言えば《ウルゴ》大気であった。私の仮説が基礎とするのは、件の漁師によって偶然発見された膜が、正確には岸辺ではなく二百メートルほど離れたところにあったという事実である。風とかいたずら好きな犬とか、あるいはそれこそ波そのものによってそこまで運ばれたのだという反論もあるだろう。しかしナイロン膜に対して実施された化学的分析によってこの反論は無効となる。生地からは残留塩分は見つからなかったのだ。塩分不在の事実は私を別の道筋からの調査へと向かわせた。人々が自殺のために選んだその道こそは気体だったのである。膨らんだ膜に包まれた内容物は高くまで舞い上がり、合図とともに膜に一突き穴を開けて猛烈に急降下した。だとすれば

（浜辺で見つかった膜はもちろん例外だが）人々の体も膜も、史上はじめての自重による加速を加えた落下法則に直面したはずだ、との意見があるだろう。しかしながら成層圏の高度によって完全な崩壊が誘発されるという点をお忘れになっている。それらの人々はばらばらに崩壊し、ついには宇宙塵へと変容したのだ。灰状の物質が地球上に大量の雨となって降ったことはご存じの通りだ。これこそ八百万の人間たちと八百万の膜に起こった崩壊の結果に他ならない。発見された膜については、あらゆる証拠から見てただの試験用の膜に過ぎず、考慮には入れていない。

Z教授の報告書

簡潔に述べよう。彼らは海で溺れたのでも大気中で崩壊したのでもなく、穴開けとか塩分とか自殺とかの愚考は言うにも及ばない……。私の仮説はこうだ。あれらの人々は他ならぬ宇宙旅行者なのである。他の惑星に住み着くために地球を後にしたのだ。高まる圧力によって彼らが追い込まれた限界状況をしっかりと考慮に入れて頂きたい。戻ってくる気配がないことからして、今頃は水を得た魚のごとくになっているのであろう。発見された膜についてはO教授と同意見だ。ただの試験用の膜である。

なんとも深遠、なんとも聡明、なんとも可笑しな大先生方じゃないか！　奴らのズボンを下ろしてそのお偉いケツをひっ叩いてやりたくなる。いいだろう、もし仮説がお好みなら、どうぞあちらへ。一方おれは、何の仮説も立てはしない。彼らは去った。それがすべてだ。だがおれが《去った》（集団自殺なんてのは断固受け入れがたい）と言うのは、戻ってくると思っているからだ。この考えがおれに生き続ける勇気を与えてくれる。人間の善意を信じること、それこそがおれにとっての最後の幻想となるだろう。

訳者あとがき

「大作家」ピニェーラ／「反逆者」ピニェーラ

キューバの作家ビルヒリオ・ピニェーラ（一九一二―一九七九）の名前は、これまで日本の読者に広く親しまれてきたとは言い難いだろう。それでも慧眼な読者の中には、すでに邦訳も多く紹介されているレイナルド・アレナスの自伝、『夜になるまえに』で描かれたピニェーラ像を想起する方もおられるかもしれない。先輩としてあるいは友人として深く交遊を結んでいたピニェーラは、アレナスにとってもっとも大きな存在の一人だった。亡命先でエイズにより迫りくる死に絶望を覚えながらも、アレナスがライフワークである小説五部作を完成できるよう願をかけたのは、アパートメントの壁に貼った亡きピニェーラの写真だった。自伝の序文を締めくくり、宿願を達し自死を前にしたアレナスの生をも締めくくる「ありがとう、ビルヒリオ」という呟きは、ある意味で誰よりも強く結びついた存在への、敬愛と感恩に満ちている。

ほぼアレナスの著作によってのみ、その名を記憶されている日本の実情に反し、実際にはビルヒリオ・ピニェーラの功績は、文学大国キューバのみならず、ラテンアメリカ文学全体を見渡しても、戯曲・小説・詩など様々な分野において確固たる形で刻まれている。とりわけ際立っているのは、戯曲家としての顔である。たとえばイヨネスコやベケットと同時期あるいはそれに先駆けて執筆された『誤報』（一九四九）は、ラテンアメリカ演劇のみならず世界に不条理劇が導入された最初期の試みに他ならない。同時にピニェーラは劇作家としてだけではなく、有名な表題作を含む詩集『重圧の島』（一九四三）などに代表される詩人としても、あるいは『冷たい物語集』（一九五六）などに収められた、不条理とグロテスクとを特色とする短編作家としても、異彩を放つ先駆的な書き手として記憶されている。

キューバ国内でも、現在ピニェーラは大作家としての扱いを受けている。特に生誕百周年である二〇一二年には、首都ハバナで「キューバ作家・芸術家同盟」（ＵＮＥＡＣ）主催によるシンポジウムが開催され、作家や知識人たちがピニェーラ作品を広く論じ合った。ピニェーラの戯曲や詩、小説や書簡集までを含む『全作品集』が前年から刊行され始めていたことと合わせ、この出来事は国民的大作家としてキューバ文学に屹立するビルヒリオ・ピニェーラ像を印象づけるものだったといえよう。

しかし、ピニェーラの人生や作品に触れるとき、こうした像は異なる印象を見せ始める。かつてのピニェーラは、キューバ革命政府による言論弾圧の犠牲となり、作品を発表できなくなるなど極度の周縁化を被った作家だったからだ。その作家が同じ政府の手によって正典化されている事実を知るとき、私たちはキューバ文学が抱える複雑さと、歴史の陰に隠蔽されつつあるもうひとつのビルヒリオ・ピニェーラ像を垣間見ることになる。このもうひとつの、アレナスが敬意と共感とともに評した、「永遠の少数派、たゆまぬ反骨の士、不断の反逆者を体現していた」ビルヒリオ・ピニェーラの姿を、以下に少しばかり詳しく振り返っておくことにしよう。

ピニェーラ誕生からアルゼンチン滞在まで——監獄への「否」

一九一二年、六人兄弟の三人目としてマタンサス州カルデナスに生まれたビルヒリオ・ピニェーラは、父親の失職に伴う貧困の中で育った。回想の中でピニェーラは、幼少期について次のように語っている。「よだれを垂らしたり腕を振り回すよりもましなことを考えるべき年齢に差し掛かるが早いか、私は三つの、拭い去れないほど身に染みついた事実に気がついた。私は自分が貧乏で、同性愛者で、芸術を好んでいることを理解したのだ」。貧困に加え、同性愛と文学熱という、キューバ社会で抑圧の標的となる欲望に目覚めたことは、早くからピニェーラに周縁者としての自覚を残した。

息苦しい抑圧的社会は、一九二四年から一九三三年まで圧政を敷いた大統領ヘラルド・マチャードの独裁へとつながっていく。二〇歳のとき反マチャード運動により拘留された体験を経て、ピニェーラは詩や戯曲といった文学活動にのめり込んでいった。一九三六年、スペイン内戦を逃れてキューバに滞在していた後のノーベル賞作家、フアン・ラモン・ヒメネスのアンソロジーに詩を採られることによってキャリアをスタートさせたピニェーラは、投獄経験をもとにした翌年の最初の劇作品「監獄の嘆き」ですでに、牢獄のような環境という生涯つきまとう主題を結実させることになる。

大学を満期退学したピニェーラは、詩人ホセ・レサマ・リマが主催する雑誌『銀の拍車』(一九三九—一九四一)などに載せた詩作品、および短編作品を発表していく。四〇年代前半はピニェーラが作家としての認知を高める時期であり、古典劇を題材にして執筆した一九四三年の戯曲『エレクトラ・ガリゴー』は、後に実存主義的演劇の国際的先駆者として劇作家ピニェーラを位置づける代表作となった。また、一九四四年の『詩と散文』も賞賛を勝ち取ったが、特に収録された短編群は代表作『冷たい物語集』にその大部分が収められる質の高さを誇っており、詩や短編の分野でもピニェーラの文学的地歩は着実に固められつつあった。

だが同時に作家ピニェーラとその作品に対するイメージは、毀誉褒貶と論争を巻き起こす挑発的なものとしても形成されていく。次第にカトリック色を強めた『銀の拍車』への批判とともに象徴的であったのが、一九四三年の長編詩「重圧の島」だった。「至るところ水に囲まれた忌まわしい環境」という有名な冒頭からして祖国への激しい呪詛に満ち、現実の不条理さや無意味さを卑俗な言葉を交えつつ描くこの詩文は、「キューバ詩の精神にそぐわない」という詩人のシンティオ・ビティエルによる糾弾をはじめ、激しい批判を浴びたのだった。自らの文学的資質が当時支配的だった高踏的美学と相容れないことを感じ取ったピニェーラは、文壇との対立を深め、一九四四年には「詩人の日」の催しへの出席を拒否してもいる。

そんなピニェーラにとって大きな転機となったのは、アルゼンチン政府の奨学金を得て一九四六年から一九五八年の間、三度にわたり当地に断続的に滞在したことだった。抑圧的なキューバの政治・文化環境からの自主的亡命ともいうべきこの期間において、ピニェーラは文学的にもっとも多くの成果を生み、先述の『誤報』や『結婚式』（一九五七）といった戯曲、長編第一作『レネーの肉』（一九五二）や『冷たい物語集』といった小説作品を上梓し、さらに巨匠ホルヘ・ルイス・ボルヘスの主宰する雑誌やアンソロジー、さらにはパリの雑誌『ル・タン・モデルヌ』にも短編を採られるなど、精力的な創作活動を展開した。

またこのアルゼンチン滞在期には、権威に対して挑戦的な態度を取るピニェーラの性質も、より一層開花することとなった。ピニェーラの出世作『エレクトラ・ガリゴー』は、初版から五年も経った一九四八年にようやく初演を迎えるのだが、キューバ文壇との確執もあって批判的な評を浴びたばかりか、演劇・映画製作者組合による言及禁止の措置まで課されてしまう。これに対しピニェーラは「批評家にご注意！」と題したエッセイを発表し、批評家たちを三流の俗物と評して、大きな論争を巻き起こしたのである。
さらにピニェーラは、文学雑誌との関わりにおいても激しい物議を醸す。レサマ・リマらが創刊した『起源』は、キューバのみならずラテンアメリカ文学史上にも重大な影響を与えた雑誌だったが、かつてその一員であったピニェーラは次第に「起源派」の詩人たちの道徳性や美意識に反発し、離反して一九五五年に新雑誌『シクロン』を立ち上げた。

読者よ、これが新しい雑誌『シクロン』だ。この雑誌とともにきれいさっぱり、『起源』を消去してしまおう。皆さんご存じの通り、十年間にわたりキューバ文化に奉仕し役に立ってきた『起源』は、いまやただの死せる重荷でしかない……。

第一号の巻頭に掲げられたこの挑戦状に劣らず、『シクロン』の内容自体も過激なものだった。フルヘンシオ・バティスタ独裁下のキューバにおける検閲や言論統制の最中にあって、同誌はサドの『ソドム百二十日』の翻訳を掲載し、同性愛という主題を表立って取り上げるなどの先鋭さを有していた。さらにピニェーラ自身が発表した、アルゼンチンのペロン独裁への諷刺を含む「人形」という短編は、バティスタ政権への諷刺とも解釈されて議論を巻き起こすことにもなった。
ピニェーラの攻撃の矛先はキューバだけでなく、滞在先アルゼンチンの文壇にも向けられた。その媒介となったのは、大戦の戦禍を逃れアルゼンチンに亡命していたポーランド作家、ヴィトルド・ゴンブロヴィッチとの出会いだった。ともに偶像破壊的な態度や作風を持つ二人（ゴンブロヴィッチはアルゼンチンを離れる際、文学界への助言として「ボルヘスを殺せ」と述べたと伝えられている）は意気投合し、仲間とともにゴンブロヴィッチの代表作『フェルディドゥルケ』をスペイン語に翻訳したばかりか、フランス文化にかぶれたアルゼンチン文壇、特にその中核を担っていた雑誌『南』を批判するため、『アウローラ』と『ピクトローラ』という一対の諷刺的パンフレットを発行したのだ。

歯に衣着せぬ不遜な物言いや旺盛な創作活動にもかかわらず、アルゼンチンを離れる直前のピニェーラは、思ったような文学的評価を得られていないことに失望していたようだ。経済的困窮や健康不安も手伝って、一九五八年にピニェーラは帰国を決意する。だが、この帰国がそうした実際的な理由のみによるものでなかったことは、直前に劇作家アントン・アルファに書き送った手紙が語っている。

私がハバナから出て行ったのは必要に駆られてだったが、今回ブエノスアイレスから出て行くのも同じ必要に駆られてのことだ。私は狂人でもなければ気まぐれでもない。ずっと同じ監獄にいるのが気に入らないのであって、ある程度の期間が立つと、私は超越者なる存在に、この土牢から移らせてくれと嘆願書を出すのだ。

この言葉に象徴されるように、ピニェーラの半生およびその言動は、自身を取り巻く監獄的な環境へ「否」を突き付け、新天地を求めて逃げ出そうとする意志に貫かれていた。この意志に導かれ帰国の途に就いたピニェーラを待っていたのは、翌年にバティスタを駆逐して成就するキューバ革命の荒波だった。そしてやがてその革命は、かつて「重圧の島」に謳った「至るところ水に囲まれた忌まわしい」牢獄となって、ついにピニェーラの逃走を閉じてしまうのである。

キューバ革命勃発から晩年の周縁化へ

成立したばかりのフィデル・カストロの革命政権は、文化政策の拠点となる機関「カサ・デ・ラス・アメリカス」を設立し、文化・芸術の促進を標榜した。これによって国内出版は活況を呈し、キューバ革命の成果に国内外の知識人から賞賛の声が上がった。文化変革を伴うキューバ革命の熱気は、周知の通りラテンアメリカ文学の国際的認知を高めた「ブーム」という現象そのものを生み出す最大の要因ともなる。

しかしこうした輝かしいイメージとは対照的に、国内では革命直後から政治・文化面において抑圧的な空気が漂い始める。文化面においてはすでに六〇年代初頭から新たな言論弾圧の風潮が強まり、政府に反対する新聞社や出版社が閉鎖されていく。出版活動は政府公式の新聞『革命』や『グランマ』、『革命』の文芸付録版である『革命の月曜日』といった媒体や、R出版社などの公式に認められた出版機関へ集約され、作家たちもキューバ作家・芸術家同盟の統率下に置かれることとなった。特に分水嶺となったのは一九六一年であり、この年には短編ドキュメンタリー映画『P．M．』が上映禁止となったことが異論を呼び、政府と作家たちとの間に「対話」が持たれた。この場でフィデル・カストロが述べた「知識人への言葉」に出てくる、「革命の内部にあるものはすべて許容し、革命に反抗するものはすべて許容しない」という一節は、その後長年にわたり、「革命」か「反革命」かという恣意的な二分法によってキューバの文化政策を縛り付ける玉条と化したのである。

他の作家たちと同じように、アルゼンチンからの帰国直後に革命の成就を見たピニェーラも、初期には革命を熱心に支持していた。『革命』や『革命の月曜日』に批評やエッセイ、戯曲などを寄稿していたばかりか、一九六一年からはR出版社の編集長も務めている。だが革命直後から兆していた抑圧的な空気は、ピニェーラにも強い危惧を抱かせるものだった。ここで想起されるのは、「知識人たちへの言葉」が発された前述の会議を描く、キューバ作家ギジェルモ・カブレラ・インファンテの回想である。彼によれば、この重苦しい会議の席上で、ピニェーラは立ち上がってこう宣言した。「言いたいことは、私は非常に恐れているということだ。なぜ恐れているかは分からない、でも言わなければならないことはそれに尽きる」。

そして直後、この危惧は現実の悪夢となってピニェーラに降りかかる。一〇月一一日、「男色家」(pederasta)、「売春婦」(prostituta)、「ポン引き」(proxenetas) を一掃するという名目で実施された、一般市民に対する悪名高い大摘発「三つのPの夜」において、革命の理念に沿わないとして激しい弾圧を受けていた同性愛者の一人であるピニェーラは、突然の逮捕・拘留と自宅の封鎖を被ることになる。深刻な精神的ショックを受けたピニェーラは、さらに『革命』などへの寄稿者から、国立出版局での編集・翻訳者への、事実上の左遷をも味わった。革命とピニェーラとの蜜月関係は、数年にしてあっけなく終わりを告げてしまったのである。

その後の一時期、ますます周縁的立場へと追いやられながらも、ピニェーラはかろうじて出版活動を続けた。長編第二作となる『ちっぽけな演習』（一九六三）、そして本作、三つ目にして最後の長編『圧力とダイヤモンド』（一九六七）が上梓されるのはこの時期である。一九六八年には戯曲『パニックになった二人の老人』がカサ・デ・ラス・アメリカス賞を受賞し出版されてもいるが、この作品は同時に、ピニェーラが存命中にキューバで出版できた最後の作品となってしまった。

次第に抑圧の度を強めていくキューバ革命の文化政策は、一九七一年の「パディーリャ事件」で硬直化の極点に達する。それ以前から挑発的な言動と反革命的な態度で知られていた詩人エベルト・パディーリャは、一九六八年キューバ作家・芸術家同盟を批判したために職を追われ、公然と「反革命」作家として遇されるようになる。一九七一年、パディーリャはついに逮捕され拘留されたばかりか、釈放後これまでの作品や思想において犯した数々の「実に許しがたい過ち、まさしく非難されるべき、言語道断な過ち」を、公開の場で自己批判させられる。挙句には彼が（自分の妻をも含む）

「反革命的」な仲間の作家たちの名前を列挙していったおぞましい場面は、共産主義の模範だったキューバ革命の文化政策が、スターリン主義の悪しき前例をなぞっていることをまざまざと見せ付けるものだった。革命史上もっとも言論弾圧が厳格になり、作家の自己検閲や相互監視・密告などが激化した「灰色の五年」の幕開けとなったこの「パディージャ事件」により、キューバ革命は世界各地の知識人の強い幻滅と離反を招いてしまう。

この頃にはすでに、ピニェーラもパディージャと同じく反革命的な作家として名前が挙がるようになっていた。七〇年を境にピニェーラへの言及は極端に少なくなっていき、前述の「灰色の五年」とも重なる七〇年代を通じ、ピニェーラは厳しい検閲による出版禁止、さらには国外への出国禁止をも課されることになる。七九年に死去するまで沈黙を強いられた作家は、出版のあてのない原稿を書き続け、仲間内の朗読会でのみその作品を聞かせては、原稿を没収されて怯え暮らすことになるのである。

こうした晩年の不遇を見ても、死後かなりの年数を経て再評価と再出版がなされ、現在では「大作家」として正典化されているピニェーラをめぐる、文学批評史の恣意性を感じずにはいられない。そして本作に話を戻せば、六〇年代終盤からピニェーラが沈黙を余儀なくされる事態に少なからぬ影響を及ぼしたいわく付きの作品が、他ならぬこの『圧力とダイヤモンド』だった。

『圧力とダイヤモンド』および先行長編作品――周縁からのまなざし

『圧力とダイヤモンド』の舞台となるのは、人間関係の中に不可避的に生じる「圧力」を人々が異様に怖れ、躍起になって回避しようとする珍妙な世界だ。他人と関らずに済む方策として、人々が次々に乗り換えていく様々な流行の進展が物語の筋となるのだが、その内容はピニェーラらしくいかにも人を喰ったものだ。最初の流行となるトランプゲームのカナスタ（ピニェーラ自身その愛好家だったらしい）は、他人と同席しながらも言葉は交わさないで済むよう、常にガムを噛みながらおこなわれる。やがて人々は自らが占める空間を最小限に留めるために体を「収縮」させ始めたり、氷の塊の中に閉じこもって人工冬眠する時間旅行に熱中したりする。名を呼ぶことも憚られる「圧力者」の現前を恐れて雲隠れしたり、「ルージュ・メレ」という二語のフランス語のみしか発さなくなったりと、「圧力」の回避を求める人々の強迫観念はますます強まっていき、最終的には登場人物を含め八百万人もの人間が、避妊具を思わせる人工の膜に包まれたまま、集団で地球上から姿を消す終局が訪れる。

宝石商ローゼンフェルド兄弟の会社に勤める主人公は、ふとした会話から「圧力」の存在に気づき、人々が「圧力」を避け死んだように生きている状況を「陰謀」によるものとみなして、翻弄されつつもこの「陰謀」の進展を止めるべく孤軍奮闘する。しかし集合的な「陰謀」の強大さを前にして、「生」を取り戻そうとする主人公の試みはことごとく失敗に終わり、彼の孤立はますます深まっていくことになるのである。

皮肉な笑いを誘いつつも、とことん荒唐無稽で不条理なこの小説世界を、私たちは様々に解釈することができるだろう。幻想小説やSFの体裁を借りたドタバタ悲喜劇として笑い飛ばすこともできるし、世界の不条理さが露わになる寓話として、あるいは現代の生と孤独をめぐる考察として読むこともできる。どのように読むかは読者によって異なるはずだが、革命政府による読みはそのような多義性を許さなかった。

この作品の出版当初、政府はある場面に注目し、政治的な読みに基づく断罪を加えることになる。すなわち、著名なダイヤモンドであるデルフィ（Delphi）が競売にかけられ、偽物と非難されて二束三文で競り落とされた上、結局は便所に流されるシーンについて、デルフィの名をフィデル（Fidel）・カストロのアナグラムであると決めつけたのである。怖れに取り憑かれた老人の対話劇『パニックになった二人の老人』とともに、革命政府への批判と解釈された本作は、すぐさまキューバ国内での流通を禁じられる仕儀に至った。

だが少なくとも、本作中でデルフィに付されている意味が必ずしも否定的なものでないことは、注意深い読者には一目瞭然ではないだろうか。革命政府のいかにも表層的な解釈を越え、なお深く多様に本作を理解しようとする読者のために、ここでは『圧力とダイヤモンド』と、先行する二つの長編小説、『レネーの肉』および『ちっぽけな演習』とを簡単に比較しておくことが有益であろうと思う。

戯曲家・短編小説家・詩人としての名声が高いピニェーラの作品リストの中で、やや周縁的な地位に甘んじている長編小説は、実際のところピニェーラ作品全体を貫く本質を際立たせているからだ。

長編一作目『レネーの肉』では、主人公レネーが二〇歳の誕生日に、父親ラモンから「迫害者」と「被迫害者」の両陣営が争う「肉による戦い」の存在を知らされる。迫害されている勢力の指導者であるラモンは、後継者でありながら「肉」という人間存在に対して極端な怖れを抱くレネーを鍛え、苦痛に耐えうる身体を持たせるべく、彼をある学校へと入学させる。まるで拷問のような教育方針に怯えその学校から逃亡したレネーだが、行く先々で街に満ちた暴力や、苦痛ではなく快楽へと誘いこむダリア夫人などに出会うことになる。レネーは自らの「肉」を標的として狙うこれらの人々、そして「肉による戦い」から絶えず逃げることを繰り返し、ついには生きている人間との接触自体を断つため、墓場で働き始める。

一方、長編第二作『ちっぽけな演習』の主人公セバスティアンは、人生における様々な面倒事に巻き込まれないことを行動原理とする男だ。そのため彼は、人生を複雑にする結婚や貯蓄、愛情関係、仕事での昇進、神父が強要を迫る告解などの社会規範に激しい怖れを覚え反発する。日頃は目立たぬよう、そうした反発心や怖れを隠し、規範に従順な人間として暮らすセバスティアンだが、ひとたび厄介事に巻き込まれてしまいそうになると、躍起になってそこから逃げ出そうとする。結果として彼が様々な職業を転々とし、次第に社会の周縁へと追いやられていく悲喜劇的な過程そのものが、小説の筋立てを成すことになる。

こうして概観してみると、先行二作の主人公の共通点が浮かび上がってくる。すなわち彼らは、人間同士の接触に内在する抑圧的な力に極度なまでの怖れを抱いているがために、そこから必死に逃走することを何度も試み、結果的に社会の周縁へと追いやられてしまうような人物なのだ。読者は、彼らが抱く根源的な怖れが何に起因するのかを訝しむ一方で、ひたすら逃走しながらも「敗北を認めるわけにはいかなかった」と意地を見せるレネーの姿、「なんとしてでも逃げること、たとえそもそも何からも逃げる必要がないとしても逃げ出すこと」を意識的に追求するセバスティアンの姿に、一種の逆説的な英雄性すら感じ取ることになる。こうした人物像こそが、アレナスがあるエッセイにおいて、迫害に苦しめられながらも迫害に住み続ける「ゴキブリ」という比喩を用いて定義していた、ピニェーラ的「英雄」だった。「ビルヒリオの描くゴキブリは英雄でもある。それは抵抗する英雄、あるいは生き延びる英雄であると言えるだろう」。つまりはこの周縁からの少数者のまなざしが、共に革命政府による迫害を経験した者、つねに周縁者であることを意識して生きてきた者として、アレナスがピニェーラに大きな共感を寄せていた要因であったようにも思える。

さて、こうした前二作と比較しながら『圧力とダイヤモンド』を見直してみると、ひとつ興味深い発見がある。それは本作においては、前作までの主人公による人間同士の接触への怖れや、「圧力」を避けるための逃走=様々な流行は、大多数の人間によって実行される集合的な性格を帯びている、という点である。「圧力」からの逃走に向かわず、むしろ「圧力」を伴う人間同士のつながりの中に「生」の実感を見い出そうとする『圧力とダイヤモンド』の主人公は、ある意味ではレネーやセバスティアンと真逆の性格付けをされているように見える。にもかかわらず、彼は逃げずに留まり続けることによって、レネーやセバスティアンと同じくやはり社会の周縁に追いやられる。逃走の戦略をとる主体は逆転していても、主人公の周縁性自体は連続しているのである。

いやむしろ、『圧力とダイヤモンド』でも、主人公による逃走は継続されているといえるかもしれない。何百万人もの人間に対峙するたった一人の「ドン・キホーテ」になぞらえられ、「すでにおれはゼロだ」と自覚しつつも、主人公は「最後まで戦ってやる」と、戦闘的なまでに徹底して自らの周縁性に留まろうとする。もし本作では「逃走」という戦略が、大多数の人間が信奉する教条へと変わり果てているとするならば、主人公はそうした教条としての「逃走」を拒絶することを通して、逆説的に前二作と同じ少数者としての「逃走」を一貫して続けている、とも考えられるのではないだろうか。

ともあれ、この興味深い反転と連続を認めるとき、私たちはピニェーラの長編作品に一貫する周縁者の意識と、そこから抑圧的な社会へと向けられたまなざしを、改めて意識することになる。本作に対する読みも、この点を土台とすることでさらに深められるだろう。

一例として政治的な解釈を挙げてみよう。前述の通り、フィデル・カストロのアナグラムと解しうる「デルフィ」の存在のために、本作の政治的批判性はカストロ個人への批判という表層的な次元に縛られてきたきらいがある。だがむしろ本作の政治性は、個人批判を越えて、六〇―七〇年代に激化したキューバ革命政府の政治的・文化的締め付けと画一化の空気を、少数者の視点を通して感得させる点に見い出しうる。たとえば人々に恐慌をもたらす謎めいた「圧力者」が、目に見えずあらゆる場所に遍在する性質を備えていることは、人々が関係を結びたがらない原因としての「圧力」と合わせて、相互監視や密告が深刻化した時代の隠喩として解釈できるかもしれない。社会全体が画一的な規範を信奉し、避妊具を思わせる膜の中に退行していく筋書きなどは、ディストピア小説の流れを汲む、全体主義的社会への諷刺を含んでいるともとれるだろう。そして何よりこれらの出来事が、周縁化される主人公の声を通して語られることによって、個が組織的に抹消され、主体的な異論や抵抗の可能性がすすんで放棄されていく世界のおぞましさという、もっとも深い意味での批判がまざまざと立ち現れてくるのである。

しかし繰り返しになるが、『圧力とダイヤモンド』の面白さは政治的な側面や、具体的な歴史的文脈のみに縛られるものではない。名もない大都市に生きる非力で周縁的な個人、怖れながらも独り戦いを続ける個人が差し向ける少数者のまなざしを、読者が虚心に共有したときにこそ、本作の地平は豊かに広げられていく。ピニェーラが、そして『圧力とダイヤモンド』の主人公が投げかける、この周縁からのまなざしが、もし読者にとっても多数者の視点を揺さぶり、その人自身にとっての「生に対する陰謀」を見破る助けとなるならば、訳者としてこれに勝る喜びはない。

本書は、Virgilio Piñera, *Presiones y diamantes / Pequeñas maniobras*, México, D.F. : Editorial Lectorum / La Habana: Ediciones Unión, 2002に収録された版を底本としている。翻訳にあたって、敬愛するラテンアメリカ文学者のグレゴリー・サンブラーノ氏、およびウラディミール・チャベス・バカ氏に、スペイン語の細かなニュアンスを快く教えて頂いた。両氏の友情と誠実さに心より感謝したい。また、訳者が日本学術振興会海外特別研究員制度により、ニューヨーク大学で実施していたスペイン語圏カリブ文学の研究プロジェクトは、今回の翻訳作業に大きな実りをもたらした。貴重な研究の機会を与えて頂いたことに改めて感謝しつつ、その成果のひとつとして本書の完成を迎えたことに大きな安堵を覚えている。

編集をご担当下さった水声社の井戸亮さんは、様々な事情から迂回路を経てしまった翻訳作業を温かく見守って下さり、適切に訳了へと導いてくださった。当コレクションを統括する寺尾隆吉氏、そしてラテンアメリカ文学の紹介に力を尽くして頂いている水声社の鈴木社主とともに、最大限の感謝を贈りたい。

私の博士論文はアレナスとピニェーラの作品を比較したものであり、その意味において前訳書であるアレナスの『襲撃』と本書『圧力とダイヤモンド』を世に送ることができた今、大学院時代から挑戦してきた長い宿題にひとまずけじめをつけることができたような思いでいる。まるで夏休みの工作を提出したような気分だが、実際の翻訳過程はひたすら読者が楽しんでくれることだけを考えた、心躍るものだった。

前訳書のあとがきでも触れた、大学院当時から今に至るまで、恩師・先輩方・仲間から受け続けている学恩への感謝は、変わることなく胸に抱いている。今回はそれらすべての恩に加えて、長い長い挑戦を、そして他のあらゆる挑戦をも、どんなときも変わらず見守り続け力を与えてくれた両親と家族にも、その恩の途方もなさにかろうじて見合う、ただひとつの言葉《ルージュ・メレ》を捧げる。

ありがとう。

二〇一七年十一月、東京

山辺弦

ビルヒリオ・ピニェーラ

Virgilio Piñera

一九一二年、キューバのマタンサス州に生まれる。

現代キューバを代表する作家。

『エレクトラ・ガリゴー』（一九四三年）や『誤報』（一九四九年）をはじめとする戯曲作品によって、実存主義的演劇・不条理演劇の国際的な先駆者となった。

『重圧の島』（一九四三年）などの詩作品、『冷たい物語集』（一九五六年）などの短編小説の分野においても先駆的な功績を残した。

一九四六年からのアルゼンチンへの長期滞在を繰り返した時期には、過激な雑誌『シクロン』を立ち上げるなどして、祖国のみならず、アルゼンチン文壇やペロン独裁への批判を展開する。

キューバ革命政権下では、その言辞ならびに同性愛者であることが反革命的とみなされ、次第に周縁的な立場に追いやられていく。

特に七〇年代以降は、厳しい監視と検閲により、出版や国外への出国を禁じられ、沈黙を余儀なくされた。

革命政権下でピニェーラに対する再評価が進んだのは、一九七九年の没後かなりの時間が経った後のことだった。

本作は、『レネーの肉』（一九五二年）、『ちっぽけな演習』（一九六三年）に続いて、ピニェーラが残した最後の長編小説である。

山辺弦

やまべ・げん

一九八〇年、長崎県生まれ。東京大学大学院総合文化研究科博士課程修了（学術博士）。現在、東京経済大学専任講師。専攻、キューバを中心とする現代ラテンアメリカ文学。博士論文として、『定位されざる逆説的遁走《パラドクサル・フーガ》——ビルヒリオ・ピニェーラとレイナルド・アレナスの長編小説における「弱い」身体の政治性』（二〇一四年）、主な著書には、『抵抗と亡命のスペイン語作家たち』（共著、洛北出版、二〇一三年）、主な訳書には、レイナルド・アレナス『襲撃』（水声社、二〇一六年）、などがある。

Virgilio PIÑERA, Presiones y diamantes, 1967.
Este libro se publica en el marco de la "Colección Eldorado", coordinada por Ryukichi Terao.

フィクションのエル・ドラード

圧力とダイヤモンド

二〇一七年三月二〇日　第一版第一刷印刷
二〇一七年三月三〇日　第一版第一刷発行

著者　ビルヒリオ・ピニェーラ
訳者　山辺弦
発行者　鈴木宏
発行所　株式会社　水声社
東京都文京区小石川二―七―五　郵便番号一一二―〇〇〇二
郵便振替〇〇一八〇―四―六五四一〇〇
電話［編集］〇四五―七一七―〇五三六　［営業］〇三―三八一八―六〇四〇
ファックス［編集］〇四五―七一七―〇五三七　［営業］〇三―三八一八―二四三七
http://www.suiseisha.net
印刷・製本　モリモト印刷
装幀　宗利淳一デザイン

ISBN978-4-8010-0265-4

案内係	フェリスベルト・エルナンデス	浜田和範訳	（近刊）
気まぐれニンフ	ギジェルモ・カブレラ・インファンテ	山辺 弦訳	（近刊）
別れ	フアン・カルロス・オネッティ	寺尾隆吉訳	二〇〇〇円
人工呼吸	リカルド・ピグリア	大西 亮訳	二八〇〇円
圧力とダイヤモンド	ビルヒリオ・ピニェーラ	山辺 弦訳	二三〇〇円
ただ影だけ	セルヒオ・ラミレス	寺尾隆吉訳	二八〇〇円
孤児	フアン・ホセ・サエール	寺尾隆吉訳	二三〇〇円
傷跡	フアン・ホセ・サエール	大西 亮訳	二八〇〇円
マイタの物語	マリオ・バルガス・ジョサ	寺尾隆吉訳	（近刊）
コスタグアナ秘史	フアン・ガブリエル・バスケス	久野量一訳	二八〇〇円